Text und Porträt 24

Text und Porträt

Herausgeber:
Literarisches Colloquium Berlin
Berliner Künstlerprogramm des DAAD

Carmen Boullosa

Verfolgt

Roman

Aus dem Spanischen
von Susanne Lange

Fototeil:
Renate von Mangoldt

Aufbau-Verlag

ISBN 3-351-02824-5

1. Auflage 1996

Lektorat: Thomas Geiger
Einbandgestaltung: Henkel/Lemme unter Verwendung
eines Fotos von Peter Friederici
Satz: Dörlemann Satz, Lemförde
Druck und Binden: Clausen & Bosse, Leck
Printed in Germany

Für José María Espinasa,
für Jonás Aguirre Ligouri, vor Deiner Geburt,
für María José Boullosa, die in Frieden ruhen soll.

Wer schon sein Ohr ans Herz der Nacht gelegt,
um ohne Schlaf das Dunkel abzuhören,
das Schlagen einer Tür und Autodröhnen
von fern, ein schwaches Echo, leises Tönen.

In den Momenten rätselhaften Schweigens
entspringen Vergessene ihren Verliesen,
in der Stunde der Ruhe, des Totenreigens
versteht ihr bittere Verse wie diese.

Für mich sind sie der Kelch all meines Leids,
voll feurigem Erinnern düsteren Unheils,
wehmütiger Sehnsucht, schwer von Blumendüften,
voll Trauer des Herzens, vom Feiern betrübt.

Bedauern, nicht zu sein, was ich hätte sein sollen,
das Reich zu verlieren, das ich hätte erobern wollen;
bedenken, ich wäre vielleicht gar nicht geboren;
träumen, was seit der Geburt aus meinem Leben
  geworden.

All dies fliegt mich an im tiefsten Schweigen,
in das die Nacht das irdische Gaukelbild bettet,
und wie ein Echo spüre ich das Herz der Welt,
das mein Herz erfaßt und es zerrüttet.

Rubén Darío

I

Was war, bevor wir hierherkamen? Hat es dir niemand erzählt? Wer auch, es war ja keiner da, den du hättest fragen können. Und du, erinnerst du dich daran? Aber wie könntest du dich daran erinnern? Du bist ja nicht einmal hier … Und wenn ich es trotzdem wissen möchte? Na, wenn ich es trotzdem wissen möchte, tauchst du vielleicht doch auf.

Wie hätte ich dich am liebsten? So, wie du gewesen bist! Etwas warme Masse, ein wenig Ton, der nicht einmal heiß sein muß, den ich anfassen, leicht berühren kann … ja, ein leichtes Berühren ab und zu, das würde mir hier in meiner Einsamkeit schon genügen: nur leicht berühren, streicheln, ohne weh zu tun oder zu kratzen, und dabei nicht das geringste, rein gar nichts in den Händen zurückbehalten … nichts … keine Spur …

Aber es ist niemand hier bei mir. Niemand, abgesehen von der Angst, der Furcht, dem Schrecken … Angst vor wem? Ich kann doch nicht vor mir selbst Angst haben! Wieder und immer wieder habe ich mir bewiesen, daß ich harmlos bin, harmlos wie eine Ente am Seeufer, die darauf wartet, daß die Kinder ihr ein Stück Brot zuwerfen oder ein paar Krumen, die im Papier hängengeblieben sind, das sie achtlos weggeworfen haben … Aber sie empfinden Ekel vor mir, richtigen Ekel, ich habe ihnen ihren »Wandertag« verdorben, ihr Frühstück am Seeufer, ich habe ihren Frühstücksplatz am Steg in einen Morast verwandelt … ach, Kinder, ich bin doch wie ihr, laßt mir etwas übrig, einer von euch soll auf mich warten und bei mir bleiben, nur für einen Augenblick, Kinder ...!

Sie ziehen davon. Ihr Papa bringt sie jetzt gleich in die Schule. Ihren Gesichtern ist nicht anzusehen, wie früh sie aufstehen mußten, um zum Frühstück hierherzukommen ...

Aber beginnen wir besser beim Anfang. Denn ich war ein Kind wie sie, ich war dieses Kind, und nun bin ich auf ewig verstoßen aus ihrer Welt. Kinder! Ich war doch so, wie ihr noch seid!

Ich muß mir vornehmen, die Angst zu besiegen, damit ich mit meiner Geschichte beginnen kann.

Ich bin 1954 in Mexiko-Stadt zur Welt gekommen. Den Tag meiner Geburt habe ich noch deutlich vor Augen. Da war natürlich die Angst. Ich verstehe das und mache es ihr nicht zum Vorwurf, wäre ich an ihrer Stelle (ich wage nicht einmal, daran zu denken, es wäre zu schön, um wahr zu sein), dann hätte ich vielleicht auch Angst.

Sie fürchtete sich vor der Großmutter, nicht vor mir. Was war ich denn schon? Ich war ja noch nicht mal zu sehen ... ich war so harmlos ... Harmloser noch als jedes andere Kind in meinem Alter, als jedes andere Neugeborene.

Ich komme wieder auf die Angst zurück, auf *die* Angst: das junge Mädchen, schweißgebadet und mit wirrem Haar, dessen Körper der Gewalt der Entbindung ausgesetzt war, erschien nun jenseits jeder Eitelkeit in unübersehbarer Schönheit. An diesem Tag war sie bleicher als sonst, und als ich sie zum ersten Mal sah, spiegelte sich in ihrem Gesicht diese Angst wider. Damals hätte ich nicht im Traum gedacht, daß diese Angst auf mich überspringen und mich niemals mehr loslassen würde.

Ihr Name unterschied sich von meinem vollkommen. Es war ein wohlklingender Name, ein Name, den ich meinem

Kind geben würde, wenn ich denn eins hätte. Sie hieß Esther.

Obwohl ich schon von Anfang an ein ganz genaues Bild von ihr hatte, liebte ich sie so sehr, als wäre sie meine Mutter.

Wie lange dauerte es, bis ich begriff, daß sie nicht meine Mama war? Ich habe es eigentlich immer gewußt, aber bis zu dem Tag, an dem sie mich holen kamen, lief alles so, als wäre sie meine Mutter.

Er dagegen taucht in meinen Erinnerungen an diese Nacht nicht auf. Wo mag er gewesen sein? Um ihm nicht unrecht zu tun, sagen wir einmal, er hat gearbeitet. Doch als ich sah, wie bleich sie war, wie sie da inmitten dieses seltsamen Unglücks lag, inmitten der Laken und der unbarmherzigen Hände (Hände, grob und lieblos), da war mir auf einmal alles klar. Wozu nutzte ihr diese anmaßende Schönheit, wenn sie doch nicht von dem Mann geliebt wurde, den sie liebte? Vielleicht war sie auch einfach zu schön, um von irgend jemandem geliebt zu werden. Ich weiß es nicht.

Als ich schließlich geboren wurde, verstummte meine Großmutter draußen vor der Tür. Sie hörte auf, sich zu beklagen. Sie hielt inne, und ich weiß nicht, was sie in den Schlaf wiegte. War ich es? Sie schlief auf der Stelle ein. Doch die, die eigentlich meine Mutter hätte sein müssen, schlief nicht. Sie sah mich mit einem Blick an, der über meinen ganzen Körper glitt, jedem einzelnen seiner Teile den richtigen Namen gab und mir mit einer Empfindung in Haut und Knochen drang, die der Zärtlichkeit ähnlich war. Nie wieder hat mich jemand so angesehen.

Aus dem Blick meiner Großmutter sprach jedoch Enttäuschung, weil ich kein Junge war, wie sie es sich gewünscht hatte. Was meinen Papa angeht … er sah mich weder an diesem noch an den folgenden Tagen an, bis ich aufhörte, sie zu zählen. Als es mir schon gar nicht mehr auffiel, da begann er auf einmal, mich wahrzunehmen und mit mir zu spielen. Er war ein großartiger Spielgefährte.

Sie dagegen wußten nicht, wie man spielte. Als kleines Mädchen erfand ich mir vor dem Einschlafen meine Erinnerungen. Ich erinnerte mich (im Spiel) daran, wie eine der beiden Esthers immer mit mir gespielt hatte: Kaffeekränzchen, Puppenstube, Puppenfamilie oder irgend etwas anderes. Das redete ich mir ein, um mich in den Schlaf zu wiegen, während die Esthers mich mit ihren unendlich sanften Händen streichelten und mir schräge Liedchen vorsangen. Aber ich liebte sie sehr, so sehr, daß ich nicht nur beim Einschlafen an sie dachte, sondern mein erster Gedanke auch am Morgen beim Aufwachen ihnen galt; und wenn ich aus der Schule kam, war es ebenso. Fast die ganze Kindheit über.

Draußen höre ich ab und zu die Verfolgerinnen, die noch nicht verjagt worden sind. Oder sind es dieselben? Sie heulen, sie haben Angst vor denen, die wiederum sie verfolgen. Sie rennen, fliegen, sind zu allem fähig, um sich zu retten. Es müssen jede Nacht andere sein, denn keine könnte entkommen, es gibt kein Entrinnen, da soll sich niemand etwas vormachen. Eines Nachts habe ich es der Verzweifelten, die gerade an der Reihe war, zugeschrien, aber sie hörte nicht. Ich schreie lieber nicht mehr, es hat keinen Zweck und ist auch nicht gut für mich. Es geht mir überhaupt nicht gut. Ich habe solche Angst. Ich habe Angst, und es will mir nicht gelingen, *Mama* zu schreien. Diesen Schrei bringe ich nicht über die Lippen, denn über dieses Wort verfüge ich nicht.

Über andere Worte dagegen schon. Ich verfüge über

Bäume. Über *Haus*, besonders über das Wort *Angst* und vor allem auch über das Wort *EntenimPark*, denn von ihnen will ich heute erzählen.

Aber wem denn, wem kann ich davon erzählen? Ich werde mir heute Nacht vor dem Einschlafen trotz allem jemanden erfinden, mit dem ich mich in meiner Dunkelheit unterhalten kann.

EntenimPark, mit Papa ... er nahm uns immer dorthin mit. Das Frühstück wurde zu Hause zubereitet. Dann fuhr er mit uns wie immer in Richtung Schule, redete das gleiche wie immer, ein Spiel, das er für harmlos hielt, das mich jedoch verletzte, schmerzte. »Ich bin nicht euer Papa ...« »Ich bin nicht euer Papa ... ich bin ein Mann, der euch geraubt hat, ein Kinderäuber ... ein Bandit ... ich werde euch entführen und Geld für euch verlangen ... Wenn man mich nicht bezahlt, dann mache ich Würstchen aus euch ...« An diesem Punkt übermannte ihn und meine Schwestern das Lachen. Sie lachten lauthals, schallend und herzlich, während ich dachte: Würstchen? Geld? Woraus, dachte ich, woraus zum Teufel sind wir bloß gemacht?

Wir fuhren zum See von Chapultepec. Wir frühstückten ohne großen Appetit, nahmen von dem, was man uns in den Korb gepackt hatte, mal hier einen Bissen, mal da einen Bissen, wie die Enten, und wir verdreckten unsere Schuhe mit Lehm, unsere zweifarbigen Halbschuhe (weiß und marineblau), die wir in der Schule trugen.

Nachts hörte ich dann die Schritte. Damals jagten sie mir zwar Angst ein, doch ich hielt sie für harmlos, und wenn sie mich auch nachts nicht schlafen ließen, klangen sie tagsüber wie ein süßes Wiegenlied in meinen Ohren, so daß ich in den Spanischstunden, in Mathematik, in Englisch, beim

Turnen, überhaupt in allen Fächern kaum die Augen aufhalten konnte ... Aber es war eine wohlige Schläfrigkeit, eine Schläfrigkeit, die mir nichts Böses wollte, eine Schläfrigkeit auf Zehenspitzen, die sich vor mir fürchtete. Inzwischen hat sie ganz und gar Besitz von mir ergriffen, und ich weiß, daß ich nie mehr ganz werde aufwachen können.

Papa fuhr immer auf einem anderen Weg zur Schule. Ich konnte mir einfach nicht merken (beim besten Willen nicht), wie zum Teufel man zur Schule gelangte. Beim Anblick der Straßen wurde mir schwindlig, sie wollten mich nicht als eine der Ihren aufnehmen. Sie konnte ich niemals täuschen. Und auch die Stadt nicht. Doch vor allem nicht mich selbst.

Papa nahm immer einen anderen Weg, erzählte Geschichten, machte Späße mit uns und war rundum glücklich mit diesen Mädchen, die er damals in jeder Hinsicht als seine rechtmäßigen Töchter ansah. Und das waren wir auch.

Die Schule ... Ich kann mich einfach nicht genau erinnern, wie ich zur Schule gelangte. Auf einmal war ich da. Ich vermute, daß ich unbeholfen aus dem Auto kletterte, mit einem leichten Gefühl von Übelkeit und heilfroh, daß ich trotz der Drohungen dieses Herrn, der behauptete, nicht mein Vater zu sein, angekommen war ... Auf einmal befand ich mich dort, bemühte mich, nicht über meinen eigenen Schulranzen zu stolpern, und dann war da wohl dieser Lärm, der Lärm und das muntere Geschnatter! Ich erinnere mich auch daran nicht, ich stelle es mir nur vor, so muß es gewesen sein ... Dagegen erinnere ich mich an unsere Reihe, erinnere mich daran, wie wir uns im Korridor, der von links durch riesige Fenster von Sonnenlicht überflutet wurde, in einer Reihe aufstellten und jemand, den wir nie zu Gesicht bekamen, laut irgend etwas herunterbetete, Worte, die ich nicht verstand, und dann mußte man die Fahne grüßen: Auf Mexikaner zur Schlacht, und so was wie *zarte Trübe deren Blütenzier ein eisiger Wind ließ welken* … Rätselhafte Worte, mindestens so ehrfurchtgebietend wie jene, mit denen man seinen Tag begann.

Eines Morgens fragte mich María Enela (das war ihr Name, ja, Enela, jedenfalls habe ich ihn so in Erinnerung, also werde ich sie so nennen), ob ich mit ihr in den Hühnerstall gehen wollte. In dem Stall waren weder Hühner noch Spuren von ihnen zu sehen, und ich vermute, daß es sich um ein fehlgeschlagenes Projekt der Nonnen handelte … es war eine verlassene Hütte, peinlich sauber – wer weiß, wozu –, dunkel und still. Ich ging mit Enela hinein. Auf einmal waren die Schritte ganz deutlich zu hören, und sie fragte mich:

»Was sind das für Schritte?«

»Irgendwelche Schritte halt«, gab ich zurück. »Ist doch egal …«

»Du weißt genau, was ich meine«, gab sie zurück, »Das weißt du sehr gut … Sie sind mir gefolgt … Sie haben gesagt, du wüßtest schon Bescheid.«

Ich bekam so einen Schreck, daß ich aus dem Hühnerstall lief. Enela rannte hinter mir her und rief immer wieder meinen Namen.

Ich stürzte aus dem Hühnerstall, aber als ich aufblickte, blieb ich stehen: der riesige Hof war leer. War die Pause schon vorüber? Hinter mir hörte ich Enelas Schritte, die mich inzwischen nicht mehr verfolgte, sondern (wie ich) den Weg zum Klassenzimmer suchte. Warum war der Hof verlassen? Ich stieg (mit Enela dicht auf den Fersen) die

Stufen hinauf, die zu den Klassenzimmern führten und dem »Galahof«, wie wir ihn nannten: das war ein wunderschöner, gepflegter Garten mit einem stets gemähten, dichten, grünen Rasen, den Hortensienbüsche säumten. Nur an Festtagen durften wir Mädchen ihn betreten. Wir stiegen also die Eingangstreppe hinauf, an die links eine schräge Mauer (oder eine Terrasse) aus Vulkangestein grenzte, und ich merkte, wie Enela sich umdrehte, um den Hof in seiner ganzen Breite zu überblicken – hinten waren die Basketballplätze und jenseits davon das Leichtathletikgelände, die Plätze für Ball- und Speerwerfen, für Weit- und Hochsprung (mit dem Sprungbecken voll Sägespäne) –, und Enela sagte: »Niemand mehr da.« Wie konnten wir die Pausenglocke überhört haben, dieses laute, schrille Klingeln, bei dem man ins Klassenzimmer zurückgehen mußte? Ich hatte Angst, Enela auch. Es erschien mir auf einmal sinnlos, die Treppe weiter hinaufzusteigen, wozu auch, ich drehte mich um, wich dabei Enelas Blick aus, und plötzlich sah ich sie alle von links kommen, wo mir die Terrasse die Sicht auf den Volleyballplatz versperrte. Wie ein Bienenschwarm sah ich die Mädchen hervorschießen, ein Schwarm grauer Bienen, ein Ameisenheer, alle in ihren grauen Pullis und Röcken, grau wie Schiefertafeln, lärmend kamen sie aus der Cafeteria … Am Ende der Treppe ging ich nicht etwa nach links, um die Korridortür zu nehmen, sondern wandte mich nach rechts und sprang die restlichen Stufen hinunter. Da waren sie alle, drängten sich auf der Gemeinschaftsterrasse zusammen und überschwemmten die Cafeteria. Sie warteten auf die jährlichen Preise der Schülervertretung, auf die Gutscheine, die der Laden der Sechstkläßlerinnen alljährlich verteilte und mit denen zwei Schülerinnen für den Rest des Jahres so viel Süßigkeiten bekamen, wie sie wollten. Jemand zupfte mich am Ärmel und sagte: »Da war einer für dich dabei!« Schubsend bahnten sie mir einen Weg zur Ladentheke, und ich rief meinen Namen. »Wo ist sie?« fragte mich eine der Großen von ihrer außerordentlichen Höhe herab. »Das bin ich«, antwortete ich, und alle riefen meinen Namen und klatschten, eine andere von den Großen hob mich auf die Theke, Hurras und Bravos umbrausten mich, und sie ließen mich hochleben, dann überreichte man mir den Gutschein (eine blaue Urkunde mit meinem Namen), und in dem Moment klingelte die Pausenglocke.

... wie das Mädchen auf der Terrasse, seit einer Weile schon rennt sie einer Eidechse hinterher, die sie schließlich auch zu fassen bekommt, sie hält sie fest, und die Eidechse *läuft*, aber wie kann sie denn laufen, wenn sie doch festgehalten wird? Sie läßt los, was sie in der Hand hält: der Schwanz tanzt munter und triumphierend auf dem Boden und verwirrt sie. Wie lange hat sie gebraucht, um zu reagieren? Viel mehr Zeit als ihre Eidechse benötigte, um außer Reichweite zu fliehen ... Genauso war es mit meinem Gutschein. Meine verspätete Reaktion entsprach in diesem Fall der Zeit, während der ich vergeblich nach dem Klassenzimmer gesucht hatte, Enelas Blick begegnet war und beschlossen hatte, ihm um jeden Preis auszuweichen, ja, ihr selbst auszuweichen ... Ich konnte es nicht ertragen, in ihr das Spiegelbild meiner eigenen Furcht zu sehen ...

Am nächsten Tag in der Pause bemühte ich mich, nicht in María Enelas Nähe zu kommen. Das war nicht einfach, geschickt hatte sie sich unter die Kinder gemischt, mit denen ich immer spielte.

Als sie in den Hof hinuntergingen, schloß ich mich nicht an. Ich ging als letzte in den Gang hinaus. In meinem Gedächtnis suche ich nach dem Namen des Mädchens, das in ihrem Schulranzen immer nach etwas kramte, das sie niemals finden würde, nur um sich zu beschäftigen und vor den anderen nicht eingestehen zu müssen, daß sie (wieder einmal!) allein in die Pause ging, um dann in den verlassensten Ecken der Schule umherzustreifen. Sie hatte ein rundes Gesicht und trug einen straffen, von Haaröl triefenden Zopf. Ihr Teint war blaß, mit einem rosigen Hauch um die Wangen, und sie konnte ihr zerbrechliches Wesen nicht überspielen, nicht einmal, als sie sich vorzeitig in ein schönes junges Mädchen verwandelte. Ihr Name fällt mir nicht ein. Ich fragte sie an diesem Morgen, ob sie mit mir zusammen hinausgehen wolle, und ebenso an den anderen Tagen, an denen Enela sich ihre flüchtige Gelegenheitsfreundschaft mit meinen Kameradinnen (die nur ich zu deuten wußte) sichern konnte. Obwohl nicht viele, waren es doch die längsten Vormittage meiner Schulzeit. Lang, leuchtend und schleppend, so daß man sie als »langweilig« hätte abstempeln können.

Doch ich langweilte mich nicht. Wir saßen auf einer der Wippen, die die Form von Melonenscheiben hatten und extra für kleinere Kinder gebaut, und unterhielten uns leicht wippend über Gott und die Welt. Wir hatten uns in den Hof der ganz Kleinen geflüchtet, der an den Kindergarten grenzte. Dort spielte sonst niemand. Es war zwar nicht verboten, aber er lag abseits von den anderen Höfen, gehörte zu einem anderen Territorium. Dort spielten wir dann ein Spiel, das ich erst später richtig kennenlernen sollte (denn damals spielte ich es noch unbewußt): das Plaudern. Was wir uns alles erzählten? Alles Mögliche, über das Reden kamen wir uns nahe, was mir bisher noch nie passiert war. Mal redeten wir über ihren Papa, mal über meinen, mal über Esther, mal über die Spanischlehrerin usw. … Wir schwätzten wie zwei junge Mädchen, wie Erwachsene, wie alte Frauen, ohne ein Ende zu finden …

So verging die Zeit zwischen dem Vorfall im Hühnerstall und der wiedergefundenen Ordnung, während der ich in der Dunkelheit meiner Furcht herumtappte. Nur in wenigen Nächten wurde ich nicht von den Schritten verfolgt, die hartnäckig versuchten, sich hinter den Geräuschen zu verstecken, die ich vor dem Einschlafen hörte.

An einem Morgen sah es so aus, als würde es gleich zu regnen anfangen. Und wirklich scheuchten ein paar wenige Tropfen eine lange Reihe von Kindern auf, die Fangen spielten, und alle liefen wir wild durcheinander in den Gang, an dem die Klassenzimmer lagen, um uns unterzustellen. Da ich sehr schnell lief, kam ich vor meinen Kameradinnen im Gang an. Dort spielte sich vor meinen Augen folgende Szene ab: Schülerinnen hatten meiner ältesten Schwester den Schulranzen aus dem Klassenzimmer stibitzt und hüpften nun darauf herum. Während sie versuchte, ihn sich zurückzuholen, belegten sie ihre Mutter mit Namen, die ich nicht verstand ... Mir fiel ihre Brille ein, die sie brauchte, um von der Tafel ablesen zu können, und die jetzt sicher in die Brüche ging: sie steckte in der Außentasche des Lederranzens, der neu gewesen war, bevor die Tritte auf ihn niederhagelten, die mit dem Regen draußen noch stürmischer wurden. Ich stürzte mich auf den Ranzen, biß in die Wade des Beins, das ihn gerade kickte, und biß und biß ... Man versuchte, mich von ihr zu trennen, aber meine Wut war so groß, daß ich nicht lockerließ, während die Besitzerin des Beins aufheulte und die anderen schrien. Mit geschlossenen Augen sah ich die Schultasche vor mir, wie sie am Abend vorher noch im Zimmer meiner Schwestern gelegen hatte, und es kam mir so ungerecht vor, daß sie den Ranzen so zugerichtet hatten, und ich biß noch stärker zu. Da packte mich die Lehrerin bei den Haaren, die vom wilden Zerren schon ganz aufgelöst waren, und schleifte mich unverzüglich, inmitten von Grabesstille, zum Büro von Mother Michael, der Direktorin.

Ich hätte eigentlich Angst haben müssen. Noch nie war ich zur Direktorin gebracht worden, das war die schlimmste Maßregelung in der Schule. Zuerst waren da die Zettelchen, die nach Hause geschickt wurden, grün (für die erste Rüge), blau (für die zweite) und rosa (für die dritte und letzte Rüge, die schon ein schwerer Schlag war). Am nächsten Tag mußten sie mit den Unterschriften beider Eltern zurückgegeben werden. Wenn auch die Zettelchen nichts fruchteten, dann kam das Büro, die gefürchtete Begegnung mit Mother Michael, die niemals erwähnt wurde, weil sie dem *Entsetzlichen* angehörte. Ich fürchtete mich jedoch überhaupt nicht vor Mother Michael. Natürlich hätte ich mich niemals gegen sie aufgelehnt oder mich ihr gegenüber respektlos aufgeführt, aber wutentbrannt, wie ich immer noch war, scherte ich mich im Augenblick um niemanden ... Ich weiß nicht, wie mich die Lehrerin von der Wade trennte, ohne daß ich dabei ein Stück davon im Mund behielt.

Mother Michael öffnete die Tür, und ich sprudelte los. Ich erklärte ihr das mit der Brille, mit dem neuen Ranzen, den Esther am Vortag gekauft hatte, das mit den unverständlichen Worten über ihre Mama, die sie meiner Schwester zugerufen hatten und von denen ich ihr jedes einzelne, an das ich mich erinnerte, wiederholte. Mother Michael schaute mir in die Augen. »Ich werde dich bestrafen müssen«, sagte sie zu mir, »denn sonst werden alle Mädchen in Zukunft ihre Klassenkameradinnen beißen, aber trotzdem hast du das Richtige getan. Bleib hier bei mir. Teacher, einen rosa Zettel for those who jumped in den Ranzen.« Ich blieb bei Mother Michael. Kaum hatte die Lehrerin die Tür hinter sich geschlossen, da blickte mich Mother Michael wieder an und sprach auf englisch, ihrer Muttersprache, lange, sehr lange zu mir, während sie mit langen Schritten auf und ab ging. Noch nie hatte ich sie so gesprächig erlebt, und ich konnte mir den Grund dafür nicht erklären. Dann verließ sie das Büro und sagte, ich solle dort das Schulschlußklingeln abwarten.

War ich in Mother Michaels Büro eingeschlafen? Die Schubladen des großen Holzschreibtischs knarrten *immer lauter*, je länger ich mich dort beim Warten langweilte. Sie knarrten und knarrten, jede einzelne von ihnen, und sofort hörte ich wieder die altbekannten Schritte, diese Schritte, die zu einer Quelle des Schreckens geworden waren, seit Enela von ihnen gesprochen hatte. Ich konnte das Büro nicht verlassen, ich mußte Mother Michael gehorchen, ich saß in der Falle, die Schritte waren ganz nah bei meinen Beinen, die wehrlos vom Stuhl baumelten, sie waren bereits da, und ich brach in Tränen aus und flehte sie an: »Ach bitte, hört doch auf, ich habe Angst vor euch, nehmt lieber Enela mit.«

Ich weiß nicht, wie ich so etwas sagen konnte. Nur meine Angst kann das erklären.

Unverzüglich verstummten die Schritte.

Als ich am nächsten Morgen zusammen mit meinen Kameradinnen ins Klassenzimmer kam, fand ich in meinem Pult ein Briefchen auf meinen Büchern. Wer hatte es dorthin gelegt? Es war die Schrift eines Erwachsenen. Noch bevor ich es zu Ende gelesen hatte, schloß ich das Pult, knüllte es zusammen und steckte es in meinen Schulranzen. War es die Lehrerin gewesen? Schon wieder waren die Schritte zu hören! Enela bat um Erlaubnis, auf die Toilette zu gehen, und die Lehrerin verbot es ihr: »Auf die Toilette? Du bist doch gerade erst gekommen!« *Verkaufst du Enela …* stand in dem Brief in der ersten Zeile ... *Verkaufst du Enela* ... und die Schritte hallten durch das Klassenzimmer, und niemand außer mir und offensichtlich Enela konnten sie hören. Enela, die entsetzt darum bat, auf die Toilette gehen zu dürfen.

»Frau Lehrerin, schauen Sie!« rief Rosi hinter mir. Sie deutete auf eine Pfütze auf dem Boden unter Enelas Pult. »Schauen Sie ...« Enela war ganz starr, ihr Kopf war aufs Pult gesunken, der Rock völlig durchnäßt, die Augen weit geöffnet, wie die eines Toten. »Enela!« Sie antwortete nicht auf den Ruf der Lehrerin. »Rosi, renn schnell in die Krankenstube.«

Wie man sie aus dem Klassenzimmer fortgeschafft hatte? Ich hatte es nicht einmal bemerkt. Sie war nicht wieder zu sich gekommen. Alles drehte sich um mich herum.

Auf dem Schulweg achtete ich nicht auf Papas Späße. Als wir ankamen, sprang ich aus dem Wagen und wartete ungeduldig auf Enela. Am Vortag waren nach einem Anruf von der Schulleitung ihre Eltern gekommen und hatten sie mit nach Hause genommen. Ich glaubte, daß es nur vorübergehend war. Ich nahm mir fest vor, meine Angst zu überwinden und mit Enela über die Schritte zu reden. In Gedanken unterhielt ich mich mit ihr. Wer weiß, vielleicht konnten wir beide ihnen ja trotzen, ein Schicksal besiegen, das ich in seiner ganzen Tragweite noch nicht begriff, das ich jedoch immer verzweifelter beobachtete.

Auch an den folgenden Tagen wartete ich auf Enela. Sie kehrte nie wieder in die Schule zurück. Ich traute mich nicht, die Lehrerin nach ihr zu fragen.

Ich versuchte, sie zu vergessen, und bedauerte, daß ich das Briefchen, das jemand auf meine Bücher im Pult gelegt hatte, nicht zu Ende lesen konnte. Ich weiß nicht, wie mir der Zettel abhanden gekommen war. Zu Hause sperrte ich mich gleich in mein Zimmer ein, um ihn glattzustreichen und zu lesen, aber ich fand ihn nicht, er war nicht mehr in meinem Ranzen. Ich befürchtete, daß er herausgefallen war und jemand ihn vor mir gelesen hatte und mir nun öffentlich vorwerfen würde, was ich mir selbst zum Vorwurf machte, denn es stimmte, ich hatte Enela *verkauft*, aber warum bloß hatte ich sie verkaufen *müssen*?

»*Er blickte den Löwen an, dem er wie ein Lamm zum Fraße vorgeworfen worden war, und erwiderte:*

›Was suchst du hier, du schreckliche Bestie. Nichts von mir gehört dir. In wenigen Augenblicken werde ich direkt in Abrahams Schoß eingehen.‹

Mit einem Mal erglänzte sein Gesicht wie das eines Engels. Der Löwe kam heran und ließ sich sanft wie eine Taube zu seinen Füßen nieder. Aber die Stunde war nun gekommen, in der er den Lohn für all seine Mühen erhalten sollte. Er fühlte, wie eine Mattigkeit von ihm Besitz ergriff, seine Kräfte schwanden, und vor den erstaunten Augen der Ungläubigen ging der Heilige in ein besseres Leben ein.«

Mother Michael las mit ihrem unüberhörbaren Akzent in Religion vor, dem einzigen Fach, das sie persönlich unterrichtete. Die Direktorin klappte das Buch mit den Heiligengeschichten zu und begann in ihrer Zwittersprache, in der sich spanische und englische Worte abwechselten, das Gelesene schwärmerisch zu kommentieren. Wir sollten unbedingt darüber nachdenken, wie groß doch die Hingabe des Heiligen gewesen war!

Ach, wie feige bin ich doch, dachte ich. Ich habe Enela ausgeliefert, ich habe Enela verleugnet … Ich mußte gar nicht erst die Märtyrer zum Vergleich heranziehen, wie es meine Kameradinnen taten, um zu wissen, wie nichtswürdig ich war … Ich mußte nicht erst in Schicksalsprüfungen versagen, um mir meiner beschämenden Schwäche bewußt zu sein. Und ich fürchtete mich mehr denn je, die Schritte ernährten sich von meiner Angst, mästeten sich an ihr, wuchsen an, nahmen immer mehr Platz ein, verwandelten sich in ein Monument dieses gequälten Kanonenfutters, zu dem ich geworden war, auch wenn ich es damals noch nicht wußte.

II

Ich weiß nicht, wie ich das Schuljahr hinter mich brachte. Würde meine Geschichte irgendeiner Logik folgen, hätte ich wegen der Sache mit Enela Probleme in der Schule bekommen müssen. Ich war verängstigt, von Gewissensbissen geplagt und schuldbewußt, so daß es mir allein schon als Strafe erschien, die zu sein, die ich war ... so hätte es mir eigentlich unmöglich sein müssen, in der Schule aufzupassen. Aber gerade der Mangel an Konzentration brachte mir die Medaille, die Auszeichnung, die der Klassenbesten immer verliehen wurde.

Ich war geistesabwesend und lernte doch. Was lernte ich? Wer kann das schon sagen! Ich erinnere mich nicht an ein einziges Wort. Ich weiß nicht einmal mehr, was für einen Stoff wir durchnahmen. Ich war ganz woanders, wer weiß, wo, ich bekam eine Eins nach der anderen, weil ich nirgendwo war, ich machte mich davon, flüchtete mich auf kleine Inseln, die sich wieder in Luft auflösten – denn sie waren nicht meiner Phantasie, sondern Lehrplänen entsprungen, die Bürokraten aufgestellt hatten –, und sie ließen nichts zurück, an dem ich mich wie früher hätte festhalten können. In den Schulstunden wurde ich zu einem Robinson auf unentdeckten Inseln, die ich mutterseelenallein durchstreifte, ohne zu wissen, wie ich wieder zu erforschten Landstrichen gelangen sollte. Inseln, die vom zerstörerischen Wirbelsturm verschont worden waren, der meine Welt verwüstet hatte.

Meine »Eroberungen« (wenn Robinson denn ein Eroberer gewesen war) brachten mir den Ruhm: eine silberne Medaille mit dem Schulwappen auf der einen Seite, während auf der anderen unten *1963, dritte Klasse*, in der Mitte mein Name und darüber *Verdienstorden* zu lesen war.

Das hatte ich nicht erwartet. Ich hatte keinerlei Vorstellung davon gehabt, was all diese Einsen, die Früchte meiner Zerstreutheit, bedeuteten. Als ich nach Hause kam, veranstalteten meine Schwestern einen Riesentrubel, sie riefen Papa im Büro an, immer wieder erzählten sie Esther aufgeregt von der feierlichen Ordensverleihung, summten ohne Unterlaß wie die Bienen, und Jose und Esther schlossen sich ins Elternzimmer ein. Male – die Älteste, deren Ranzen ich vor den Tritten gerettet hatte – zog mir unter zärtlichen Worten das Schulkleid aus und dafür das elegante englische Wollkleid in Blaßrosa an (für den Winter auf anderen Kontinenten gedacht, jedoch gänzlich ungeeignet für die strahlenden, heißen Nachmittage im Tal von Mexiko) sowie Lackschuhe ... sogar die Strümpfe zog sie mir an ... und dafür war ich ihr besonders dankbar, denn jeden Morgen suchte ich jemanden, der mir dabei half, weil ich sie mir nicht gerne selbst anzog ... Sie verwöhnte mich wie eine kleine Mama, sie kämmte mich, machte mich hübsch, band mir eine Schleife ins Haar, polierte meine Ohrringe, damit sie glänzten ... Sie erinnerte sich nicht an ihre Mama – und ich sollte nie erfahren, was aus ihr geworden war –, aber sie hatte gelernt, selbst die Rolle ihrer Mama zu spielen.

Esther und Jose hatten mir aus Mamas Schrank zwei wunderbare Überraschungen geholt: eine dicke Silberkette, an die ich meine Medaille hängen konnte, und ein Paar weißer Handschuhe von Esthers erster Kommunion, aus ganz dünnem, feinem Stoff.

Dann kam auch schon Papa und brachte Erdbeerkuchen

mit Zuckerguß und ein Eimerchen Schokoladeneis. Es war ein Festtag.

Wie lange ist das her! Was gäbe ich darum, diesen Tag noch einmal erleben zu können! Er war der Höhepunkt – und was für ein vergnüglicher noch dazu –, der Höhepunkt dieses Dahinschwebens über Daunen, das ich aus dem gemacht hatte, was die anderen »Lernen« nannten. Für mich war es nur ein Zustand der Betäubung, bei dem ich mich selbst vergaß und das, was ich in der Schule und zu Hause gesehen hatte und von dem ich jetzt erzähle. Auf diesen Daunen mußte man keine Prinzessin sein, um die Erbsen zu spüren, aber es war bequem. Noch heute könnte man mich leicht in den Schlaf wiegen, indem man mir Namen von Hauptstädten, Daten wichtiger Ereignisse in der Landesgeschichte, biologische Prozesse und *was weiß ich* aus all den Fächern herunterbetet, die ich offensichtlich so eifrig, doch lustlos und ohne das geringste Interesse gelernt hatte.

Dann mußten wir eine Zeitlang Privatstunden nehmen (Malen, Tanz, Schwimmen, Französisch), um unsere Nachmittage auszufüllen, weil Esther und Papa nach Brasilien gefahren waren. Nach ihrer Rückkehr lehnten wir uns natürlich gegen jeglichen Privatunterricht auf, und so wurden unsere Nachmittage zu einer endlosen Rollschuhlaufbahn. Weder die abschüssige Straße vor dem Haus noch das Gleiten auf den Metallrädern und ebensowenig die häufigen Stürze wegen unserer Waghalsigkeit erweckten in mir ein Gefühl der Unsicherheit, ich tanzte auf den Rollschuhen, ohne mich bewegen zu müssen. Ich wußte schließlich, daß ich den stets erwarteten Abgrund vor meinen Zehenspitzen unter Kontrolle hatte und das stetige Schaukeln nicht auf mich zurückzuführen war: ich fühlte mich bestärkt und glänzte auf meinen Rollschuhrädern.

Nur ein paar Häuser weiter gab es ein verlassenes Grundstück, das mir während der Nachmittage mit meinen Schwestern zum treuen Spielgefährten wurde. Wir kletterten über den Zaun und pflückten Blumen, die wir der Regenzeit zu verdanken hatten: Margeriten, wilde Veilchen ... die Sonnenblumen trauten wir uns nie zu pflücken, sie wirkten so imposant, wie richtige Säugetiere. Und ich sage *Säugetiere*, weil es ihnen nicht genügt hätte, bloß *Tiere* zu sein, auch Insekten sind schließlich Tiere, und gegen die gingen wir ungestraft vor, jagten sie und fingen sie uns lebendig (zum Spielen) und tot (als Sammlerschmuckstück). Ob nun lebend oder tot, immer endeten sie letztendlich in einer Keksdose: gepreßt, mit Nadeln festgesteckt und mit Campeche-Wachs bearbeitet.

Wir töteten sie nicht mit einem Faustschlag, sondern setzten sie mit Äther außer Gefecht. Insekten, die nicht durch diese raffinierte Methode den Tod fanden, wurden schließlich in Schlammsuppen ertränkt, die wir zubereiteten – dazu gruben wir Löcher, die einem indianischen Feldofen zur Ehre gereicht hätten.

Als die Regenzeit vorüber war, wurde das Grundstück abgebrannt. Wir sahen dabei zu. Meine Schwestern beschworen, sie hätten Ratten, Eidechsen und (obwohl ich das bezweifle) Schlangen fliehen sehen, Vipern, mit denen die Jungs sonst an den Haustüren hausieren gingen, wobei sie ihre Beute von Stöcken baumeln ließen, wie die Schwänze der toten Pferde aus legendären Schlachten, denn Schlangenjagen, pah, war doch ein Kinderspiel für sie! Sie konnten es mit jedem Tier aufnehmen, selbst mit Drachen, wenn es nötig gewesen wäre ...

Male und Jose juchzten laut auf, für sie war das Feuer ein Riesenspaß. Ich war auf meinen Rollschuhen zu einer Statue erstarrt, zu einer Statue mit Augen, die über den

Flammen Gesichter sah (wohlgemerkt: *sah*, denn es war keine Einbildung), die mich beobachteten, Gesichter ohne Körper, ganz und gar ausgebildete Gesichter. Eines von ihnen öffnete seine wulstigen Lippen, um mich zu rufen. Als mein Name erklang, lächelten alle. Dann tauchte dort plötzlich eine Menge auf, die wild durcheinander wie in einer Orgie *Gesichter* verschlang, ich sah es, sie waren da, ich bildete es mir nicht ein. Meine Schwestern wurden es müde, mich vom Feuer fernzuhalten, das so schnell vordrang, wie die Schritte, *wieder* die Schritte, und sie packten mich, damit mein Rock oder mein Haar nicht Feuer fing.

Zu Hause schimpften sie mich und stellten mich vor den Spiegel: meine Augenbrauen waren versengt, die Wimpern eines Auges gekräuselt und blond und meine Haut ganz gerötet.

Ich glaubte, ich würde mein versengtes Gesicht auf ewig behalten.

»Man könnte meinen, eine Stichflamme vom Herd hätte sie verbrannt«, sagte meine über alles geliebte Großmutter, als sie mich (zum Glück!) noch am selben Nachmittag sah. Wimmernd erreichte ich, daß sie mich bei sich schlafen lassen wollte, und man erlaubte es mir, weil ich – wie sie sagten – »so nervös war«.

III

Wenn ich bei der Großmutter schlief, besiegte ihre Wärme die Dunkelheit. Wir legten uns in ein Bett, kuschelten uns aneinander, und ich konnte sie riechen, sie atmen hören und den Rhythmus ihres Atems schließlich nicht mehr von meinem unterscheiden, und auch wenn ich es nicht beschwören kann, so glaube ich doch, daß ich ihren Traum träumte und von dem meinen ausruhte, von jenem wilden Chaos, das, wann immer sich die Gelegenheit bot, in der Welt meiner Träume wütete.

Bei ihr *schlief* ich wirklich. Ich wachte erst nach ihr auf, und meine Augen badeten in fröhlichem Licht: nichts hatte mich in dieser Nacht gerufen, nichts hatte mich in Unruhe versetzt, nichts hatte zu mir gesagt: *komm.* Ich durfte ganz einfach nur daliegen – wie jetzt auch, allerdings fern von mir selbst –: die Geräusche waren nicht gekommen, um mir auf die Schulter zu tippen.

Nachts konnte ich mir zwar keine genaue Klassifizierung für die Geräusche, die mir Angst einjagten, ausdenken, aber ich sammelte sie in einem Wörterbuch ohne Erklärungen, in einer Art akustischem Lexikon. Bestimmt gibt es ein treffendes Wort dafür, wie ich die Geräusche ordnete, die mich nachts verfolgten. Doch gab ich keinem von ihnen eine Erklärung. Ich sagte nicht: »das sind die knarrenden Schranktüren«, unter anderem, weil ich vor der rechten Schranktür Angst hatte, *einfach so*, bloß weil sie da war, so nah an meinem rechten Bein, und ich das Gefühl hatte, jeden Moment würde sie aufspringen und dem Druck des Unbekannten nachgeben … Ich definierte diese Geräusche nicht, die ich noch aufzählen werde, weil Definitionen mir nichts genutzt hätten, sie hätten mich weder beruhigt noch getröstet, sondern meine Furcht nur noch mehr wuchern lassen. Um wieviel mehr hätte es mich erschreckt, wenn ich wirklich gewußt hätte, woher sie kamen und wie sie entstanden!

Da waren zum einen die Geräusche, die mich regelmäßiger verfolgten, doch vor ihnen fürchtete ich mich nicht ganz so. Ich hörte sie, wenn draußen vor meinem Zimmer noch andere wach durchs Haus gingen. Ich hatte nicht viel für sie übrig, obwohl sie eigentlich schön anzuhören waren, sie hielten mich vom Einschlafen ab, sie besaßen den beständigen Charakter der Gewißheit … Das waren die Geräusche der Holzdielen, der Insekten, die gegen die Fenster flogen, ein Klingen wie von Gold oder Kupfer, das an den Wänden entlanggleitet, winzige Schritte auf Pantoffeln, zuckersüße Schritte … Alle diese Geräusche waren häuslich, herrlich …

Dann schlief ich ein, und die Geräusche, die mich wieder aufweckten … von denen ich wach wurde, diese Geräusche jagten mir eine Heidenangst ein, eine namenlose, undefinierbare Angst, eine Angst, die von außerhalb meiner selbst kam und über mich herfiel … Diese Geräusche mochten schwächer sein, doch dafür waren sie umso gewalttätiger.

Seit einer Weile schon versuche ich, sie mir ins Gedächtnis zurückzurufen, zu unterscheiden, von welchem Gegenstand sie kamen, aber es will mir nicht gelingen. Ich kenne sie, ich bin ihnen ganz nah, doch habe ich sie seitdem nicht mehr gehört. Ich müßte wieder durchs Haus streifen, um herauszufinden, woher sie kamen, woher, woher, woher, aus welchem Winkel des Hauses sie hervorschossen, um mich zu erschrecken, um mir zu verstehen zu geben, daß sie *für mich* bestimmt waren und für mich erklangen, wie sie da in der Dunkelheit vorrückten und zurückwichen, mal hier, mal dort herumtappten und übereinander stolperten, ohne mich zu finden.

Ich wußte, daß ihre blinde Jagd letzten Endes doch erfolgreich sein würde. Wenn sie kamen, streiften sie zwar meinen Hals oder zogen nur eine Fußlänge von meinen Füßen entfernt vorüber, konnte ich sie zwar hören und fühlen, wie sie alles um mich herum anfüllten, aber noch konnten sie nicht ihr Ziel treffen, das mein Herz war, denn vorher wurden sie stets von der Finsternis verschluckt ...

Warum war ausgerechnet mein Herz ihr Ziel? Es ist schnell erzählt, wie sie mich verfolgten, als ich ein kleines, wehrloses Mädchen war, das auf sie wartete, ohne sie verscheuchen zu können. Mit ein paar Worten läßt sich beschreiben, wie sie mir Nacht für Nacht keine Ruhe ließen und mich aufweckten, um mich in die Enge zu treiben. Es sagt sich so leicht: »Verängstigtes kleines Mädchen leidet unter nächtlichen Angstanfällen, weil es hört, wie sie nachts an ihr Bett kommen« ... »Was genau nachts an ihr Bett kam? Das hat sie sich nie gefragt, ebensowenig hat sie sich mit ein paar Worten zu erklären versucht, wer genau sie selbst war« ...

Ich wußte nicht, was ich gegen die Verfolgung tun sollte. Als ich noch kleiner war, blieb ich in meinem Bett oder lief zum Bett meiner Eltern, um bei ihnen Schutz zu finden, aber Papa erlaubte mir nie, in ihrem Zimmer zu schlafen. Er hielt meine nächtlichen Schrecken für eine »Posse«, ja, so nannte er sie. In manchen Nächten gelang es mir, sie zu überlisten, und ich schlief auf einem kleinen Bettvorleger am Fuße ihres Betts ein, überzeugt, daß ich in ihrer Nähe sicher war. Doch als ich heranwuchs, sagen wir, seit ich neun war, suchte ich nicht mehr auf dem Bettvorleger Zuflucht. Wenn ich nicht in meinem Bett blieb und darauf wartete, daß die Geräusche über mich hereinbrachen, wanderte ich durch das Haus und versuchte, ihnen zu entkommen.

Mit der Zeit konnte ich sie sogar sehen, doch niemals gab ich ihnen einen Namen.

Sie dürfen nicht etwa glauben, daß ich sah, was die Geräusche hervorrief! Was ich *sah*, war keine Geräuschlandschaft (Grillen, die ihre Flügel aneinanderrieben, die nächtlichen Streifzüge einer Hündin über die Wiese, eine Taube, die sich regte, Autos, die wie ein Schneesturm auf der Straße vorbeirauschten, die Yuccapalmblätter, die Vorhänge, in denen sich Mücken verfingen, die Dinge, die sich vielleicht gerade bequem zurechtsetzten, vielleicht auch einander suchten). Diese Geschichte hätte ich gerne erlebt: die der Entdeckerin, die durch ihre Expeditionen die nächtlichen Schrecken bannt.

Das Klanglexikon machte nur einen kleinen Teil dieser nichtverbalen Welt aus, die ich erfand oder als Kind bewohnte. Was durch das Sieb der Worte gelangte, war die Welt, die ich mit den anderen teilte: »Reich mir den Zucker, wirf den Ball rüber, mir ist kalt, ich habe Hunger, ich möchte noch mehr Süßigkeiten, ich bin müde, die Lehrerin kann ich nicht ausstehen, Gloria ist meine beste Freundin, Ana Laura ist die Größte in unserer Klasse, wie schön sie läuft, ich mag nicht zu Rosi gehen, Tinina spielt ganz toll Basketball, ich mache gern mit Papa Kissenschlachten, Esther, ich mag nicht, wenn du dich in dein Atelier einsperrst, meine Schwestern haben eine andere Mama, die nicht Esther ist, niemand zu Hause spricht von ihr, ihre Großmutter mag mich nicht, manchmal fahren sie zu ihr, ich habe gehört, daß Papa für die Großmutter meiner Schwestern sorgt, die Armen, Esther ist mit uns zum Friseur gegangen, und wir durften im Schönheitssalon sitzen, die

Frauen haben sich da über Sachen unterhalten, von denen ich noch nie was zu Hause gehört habe, ich hätte gerne noch kleinere Geschwister, in der Schule haben alle kleinere Geschwister, ich habe nur eine kleine Goldpapiersammlung, die von meinen Schwestern ist viel größer, im Turnanzug komme ich mir blöd vor, mein Fahrrad ist rot, die Maurer, die vorne an der Ecke arbeiten, singen den ganzen Tag lang, Inés hat uns Orangengelee gemacht, ich mag kein Pausenbrot mehr mitnehmen, ich mag in der Cafeteria essen ...«

Das Universum jenseits der Worte war um vieles reicher, es bot viel mehr Bewohner und Situationen, viel mehr Welt ... Jedem Wort entsprach eine Welt ohne Wort. *Schere*, zum Beispiel, was ist eine Schere? Zwei Klingen, die zusammenleben, Stirn an Stirn, doch in offensichtlicher Harmonie.

Ich werde Ihnen von den Scheren erzählen. Für uns Mädchen waren sie verboten, wir durften sie nicht in die Hand nehmen. Zwar durften wir ein paar falsche Scheren benutzen, mit stumpfen, ungeschliffenen Klingen ohne Spitze, doch die verdienten wohl kaum den Namen Schere.

Es gab also Scheren und Scheren. Die einen waren Waffen der Erwachsenen. Sie dienten zum Nähen, zum Stoffschneiden, zum Haareschneiden ... In der Küche gab es eine dunkelgraue, riesige, fette, schwere Schere, die so charakteristisch war, daß man ihretwegen sagen konnte, daß es Scheren, Scheren und Scheren gab.

Die erste Art Schere benutzten Großmutter und Mama. Man brauchte nur etwas größer zu werden, um sie in die Hand nehmen zu dürfen. Sie glänzten ebenso blaß wie die zweite Art (»die Kinderscheren«) und waren – wie die Falten – ein Merkmal für das Alter. Das war auch bei der dritten Art so.

Die dritte Art Schere lebte in der Küche. Sie hatte eigentlich keinen Besitzer, mit ihr trennte man Hühnerköpfe und

Hühnerbeine ab und zerschnitt Fleisch für bestimmte Gerichte. Es war uns nicht nur ausdrücklich verboten, sie anzufassen, ich hätte sie nicht einmal anfassen mögen: ich ekelte mich vor ihr. Man konnte sie noch soviel waschen, immer blieb sie schmutzig.

In einer Nacht weckten mich andere Schritte als sonst, spitzere Schritte, die leichter, jedoch um so gefährlicher waren. Ich hörte sie schon von weitem herankommen, und etwas warnte mich, daß ich sie aufhalten mußte. Ich stieg aus dem Bett und ging ihnen entgegen. Im Speisezimmer mit den Holzdielen kroch etwas auf mich zu. Ich hatte keine Angst und ging näher heran: was hatte die Schildkröte im Haus zu suchen? Sie hatten sie aus Tabasco mitgebracht, damit Großmutter an Esthers Geburtstag Schildkrötensuppe machen konnte. Sie war auf der Terrasse vor der Küche untergebracht, damit sie die Hündin nicht biß oder sie sich nicht einbuddelte, denn hatte sie sich erst mal eingegraben, würden wir sie nicht mehr finden.

Was hatte die Schildkröte also hier zu suchen? Sie rannte den Korridor entlang (wir Kinder wissen nur allzu gut, daß Schildkröten sehr wohl rennen können), sie lief auf mich zu, der Schreck verlieh ihrem schweren Körper Flügel. Man hatte mir gesagt, daß ich ihr nicht zu nahe kommen sollte, weil sie angeblich bissig war, eine überflüssige Warnung, denn ihren Kopf kriegte man nie zu fassen; kahl und faltig, wie er war, zog sie ihn ein, sobald sie jemanden herankommen hörte.

Sie lief auf mich zu und stupste mich mit ihrer Nase an, als sie zu meinen Waden gelangt war. Ich beugte mich zu ihr hinunter: ihre Augen glänzten vor Schreck. Sie rief mich zwar nicht bei meinem Namen, schrie auch nicht um Hilfe, doch nur, weil Schildkröten nicht sprechen können. Ich hob sie hoch und drückte sie an mich, schwer wie sie war, und hörte immer noch die Schritte, diese gefährlichen Schritte, die ich um jeden Preis zum Schweigen bringen mußte.

Ich ging weiter durch die Dunkelheit, die Schildkröte an die Brust gedrückt wie eine hilflose Geliebte, die so entsetzt war wie ich, und ich flüsterte ihr zu: »Ich paß auf dich auf, sei unbesorgt.« Ich streichelte ihren Panzer und den Kopf, der auf meiner Schulter ruhte, ich streichelte ihre rauhen Stummelpfoten, und auf einmal verstummte das Geräusch, dem wir folgten. Kein Schritt war mehr zu hören. Ich fühlte mich stark. Kühn brachte ich die Schildkröte zur Küchenterrasse zurück. Ich öffnete die Tür und setzte sie auf den Boden. Nach ihrem Marathonlauf schien sie beruhigt und erschöpft zu sein. Ich stellte ihr ein Schälchen Wasser hin, schloß die Tür und ging wieder ins Bett, umgeben von wohltuendem Schweigen.

Als ich den Kopf aufs Kissen bettete, fühlte es sich merkwürdig an, und ich hörte ein dumpfes Atmen darunter. Ich hob es hoch, und unter meinem Kopfkissen war die unheimliche Küchenschere.

Was hatte sie da zu suchen? Ich fürchtete mich vor ihr, wie nur Kinder sich fürchten können, eine Empfindung, die mir fremd war und mit der ich nichts anzufangen wußte. Ich nahm sie angeekelt auf, roch ihren widerlichen Geruch, dachte nach und beschloß, sie wieder in die Küche zu bringen.

Ich weiß nicht, wie ich mich dazu durchrang, ob aus Furcht davor, ausgeschimpft zu werden (ich sah schon vor mir, was sich am nächsten Morgen abspielen würde, hörte schon die schroffe Frage, was die Schere in meinem Zimmer verloren hatte) oder ob aus Furcht vor der Schere selbst. Ich brachte sie in die Küche und hängte sie an ihren Platz an dem Nagel. Ich war gerade auf dem Rückweg zu meinem Zimmer, um mich schlafen zu legen, als ich wieder die spitzen Schritte hörte.

Erst jetzt begriff ich. Ich lief zur Küche zurück, aber es war zu spät: die Tür zur Terrasse stand offen, die Schildkröte lag blutend da, neben der schuldigen Schere, die in zwei Teile gebrochen war, jede ihrer Klingen lag in einer Blutlache am Boden. Die Schildkröte hatte keinen Kopf mehr, und es fehlte ihr eine Pfote.

Von Entsetzen gepackt, lief ich in mein Zimmer zurück. Ich weinte nicht einmal, so viel Angst hatte ich. Wer hatte die Tür wiederholt geöffnet und geschlossen? Wer hatte die Schere unter mein Kopfkissen gesteckt und warum? Wie in anderen Nächten auch fiel ich allmählich über dem rasenden Ticktack meines Herzens in Schlaf.

Am nächsten Morgen rannte ich in die Küche, um zu sehen, was sie mit der Schildkröte gemacht hatten. Ich fragte Inés, die Köchin, nach der Schildkröte, und wie gewöhnlich antwortete sie mir nicht. Sie fuhr fort, Orangensaft fürs Frühstück auszupressen, als hätte man sie nicht angesprochen. Für sie waren wir Mädchen Luft.

Ich versuchte, die Tür zur Terrasse zu öffnen, aber sie war natürlich abgeschlossen. Da sagte Inés: »Nun lassen Sie schon die Schildkröte in Frieden, Sie wissen doch, daß sie beißt.«

Ich wartete vor der Badezimmertür auf Esther. Warum brauchte sie nur so lange, um sich zu waschen? Ich ging im Geist alle Teile ihres Körpers durch und stellte mir vor, welchen sie jetzt wohl gerade einseifte, sie ließ sich endlos Zeit, und so hatte ich schon längst alle Körperteile Revue passieren lassen, bevor sich die Tür öffnete. Als sie endlich in ein Handtuch gewickelt herauskam, fragte ich sie nach der Schildkröte:

»Na, sie wird sein, wo sie immer ist.«

»Aber ist sie auch wirklich da?« hakte ich nach.

»Warum nicht?« gab sie zurück. »Sie kann doch nicht raus.«

Ich ging wieder in die Küche. Die Schere hing ernst und düster an ihrem Platz, die Köchin hatte mir den Rücken zugewandt. Ich nahm mir fest vor, nicht mehr nach der Schildkröte zu fragen.

An Esthers Geburtstag gab es wirklich Schildkrötensuppe. Als ich mit dem Löffel darin herumrührte, dachte ich bei mir: aus welcher Schildkröte ist sie wohl gemacht? Ich hielt es nicht mehr aus, brach das Versprechen, das ich mir selbst gegeben hatte, und fragte laut:

»Aus was für einer Schildkröte ist die Suppe?«

»Aus Süßwasserschildkröte«, antwortete Großmutter.

»Ich weiß schon, daß es eine Süßwasserschildkröte ist, aber welche Schildkröte ist es?«

Alle verstummten. Sie sahen sich verschwörerisch an.

»Von einer, die du nie gesehen hast«, sagte Esther.

»Und was ist mit der von uns?« fragte ich.

»Die ist entwischt, wer weiß, wie«, antwortete Esther.

»Warum hast du es mir nicht gesagt?«

»Du hast nicht danach gefragt.«

»Doch, habe ich.«

»Aber da war sie ja noch hier. Eines Morgens war sie auf einmal verschwunden. Sie ist entwischt, wer weiß, wie, vielleicht hat sie Flügel bekommen.«

Sie lachte. Alle am Tisch lachten, nur ich nicht. Ich brach in Tränen aus. Völlig außer mir ließ ich die Haare in die Suppe hängen, in den verhaßten Teller mit dem Fleisch und den Kochbananen, in den grünen Dessertteller, auf den ich mich sonst immer so gefreut hatte.

Während Esther sagte, »was weinst du denn, beruhige dich doch, na komm«, wollte meine Großmutter ganz besonders schlau sein und sagte, »das Kind glaubt, wir würden ihre Schildkröte essen, die, die verschwunden ist«.

IV

Die Ferien waren bei Schulanfang bereits wie weggewischt. Es war das Jahr 1964, wir hatten erst seit wenigen Tagen Unterricht und waren immer noch auf der Suche nach fehlendem Schreibzeug, nach einem Buch, das die Schule bestellen mußte, weil es in den Buchhandlungen nicht vorrätig war, und nach dem Holzlineal, nach dem wir die Läden durchforstet hatten, um festzustellen, daß es vom Plastiklineal verdrängt worden war, eine gemeine Niederlage, die Esther zutiefst bedauerte, wobei sie die Siegerin als »Mistzeug« und »Amischrott« bezeichnete.

Die Ferien waren mit einem Mal wie weggewischt (wenn auch nicht vergessen), weil es zu Schulanfang über Nacht schneite, eine Sensation bei dem gemäßigten Klima unserer Stadt. Esther weckte uns auf. Ich preßte die Stirn gegen die Fensterscheibe und behauchte sie, während ich auf die Umrisse der Blumen im Garten sah, die unermüdlich steife Verbeugungen vor dem Wind und dem tödlichen Weiß machten, das sie umgab.

Welch herrliche Stille! Esther, Jose und Male liefen, die dunklen Mäntel über den Schlafanzügen, hinaus, um den Schnee im Garten anzufassen. Ehrfürchtig schlüpften sie am Rand der Wiese entlang, da sie es nicht wagten, die weiße Fläche zu verletzen … Was empfanden sie dort draußen in der Dunkelheit? Drinnen im Haus überkam mich unbeschreiblicher Frieden, endlich Stille, die Stille, auf die ich all die Jahre gehofft und an die ich schon nicht mehr geglaubt hatte …

Gerade als die anderen wieder hereinkamen, gab die Hochspannungsleitung unter der unerwarteten Last des Schnees nach und riß. Das Kabel führte hin und her peitschend einen wilden Tanz auf, ließ ein Feuerwerk an Funken los und schlang schließlich wie ein gebändigtes Kind seine Arme um den Eukalyptusbaum, der sonst immer über die Spiele meiner Schwestern wachte.

Nur über die meiner Schwestern. Die meinen verfolgte er, mir stellte er stets ein Bein und führte mich an der Nase herum. Das war nicht zu übersehen. Hier ein paar Beispiele: meine Schwestern machten sich Kettchen aus den Samenkappen des Eukalyptus- oder, wie Inés ihn nannte, Kampferbaums. Zog man von den Samen den oberen Teil ab, hatte man ein winziges, spitzes Mützchen in der Hand. Meine Schwestern sammelten sie haufenweise, fädelten sie auf und malten sie bunt an. Wenn ich aber versuchte, sie aufzureihen, lösten sie sich einfach auf. Nie gelang es mir, eine Kette oder ein Armband zu knüpfen, nicht einmal für einen Ring reichte es, denn die Mützchen gaben unter meinen Fingern nach und zerbröselten ganz von allein.

Ich war nicht etwa ungeschickt. Höchstens beim Aufkleben (ich erinnere mich noch an die Papierkühe, die ich als Hausaufgabe, um Addieren zu üben, auf ein schneeweißes Blatt kleben sollte: als ich es zurückgab, war es voll riesiger Flecken und Abdrücke schmutziger Hände, mit denen ich hartnäckig mit diesen Kühen gerungen hatte, die nicht aus Papier sein, nicht kleben bleiben, sich nicht einfangen lassen wollten, um schließlich Summen zu bilden), aber ich sage *höchstens*, weil sonst fast alle meine Bastelarbeiten zu Hause, *immer wenn ich sie nicht mit Blick auf den Baum machte*, tadellos ausfielen oder mir zumindest so gelangen, wie ich es mir vorstellte.

Es machte mir Spaß, zu kleben, auszuschneiden, Perlen aufzufädeln, aber am liebsten spielte ich Fangen. Dieses Spiel vereitelte der Eukalyptusbaum mit besonderer Bosheit, und meine Hausaufgaben machte ich nur ein paarmal im Garten (d h., ich versuchte es), denn immer wurden sie dort übel zugerichtet, und ich mußte mich schließlich auf mein Zimmer oder in die Küche zurückziehen.

Der Eukalyptusbaum feindete mich auf vielerlei Arten an: wenn bei einem Spiel der Baum der Abschlagplatz war – wir nannten das die »Basis« – und man ihn nur berühren mußte, um sicher zu sein oder sogar zu gewinnen, dann war immer ich es, die verlor! Denn wenn ich beim Stamm ankam und es lauthals verkündete, dann sahen alle, *daß ich die Basis nicht berührt hatte*: der Baum war vor mir zurückgewichen.

Ja, ich weiß so gut wie Sie, daß ein Baum sich nicht bewegen kann, daß ein Baum verwurzelt und fest verankert ist, aber Sie wissen nicht, was ein Baum vermag, der sich ein Mädchen als Feind ausgesucht hat. Stellen Sie sich nur das Grollen der Blätter vor, die Haß und Rache schwören, stellen Sie sich nur die Wurzeln vor, entschlossen, sich einem entgegenzustellen, seine Äste, seine Rinde, seine Triebe, die vom Zorn besessen sind! Für so einen Baum ist nichts unmöglich.

Immer verweigerte er mir seinen Schatten. Sogar meinen Schwestern fiel das auf. Wir setzten uns unter ihn, um von einem Spiel auszuruhen (oder um Samen zu sammeln, Kleeblätter zu suchen oder in der Regenzeit Pilze von der Rinde zu schneiden), doch sein Schatten zog sich gerade dann vor mir zurück, wenn ich ihn suchte. Denn der Baum kannte meine Absichten, las meine Wünsche und tat alles, was in seiner Macht stand, um mir zu schaden.

Ja, ich setzte mich in seinen Schatten, und wie eine mißgünstige Schwester entzog er ihn mir, auch wenn er sich dabei gegen die natürliche Form seines Stamms auflehnen, ihn biegen mußte oder zu Boden gedrückt wurde, gleichgültig ob es schmerzhaft für ihn war und ihm selbst schadete.

Ich wußte so genau, wie er zu mir stand, daß ich mich eines Nachts, als ich mit Husten im Bett lag, weigerte, den Tee aus Kampferblättern zu trinken, den Inés mir geben wollte, denn was für eine bessere Gelegenheit gab es für den Baum, mir Böses zu tun?

Deshalb schien es mir ein ebenso gutes Zeichen zu sein wie die Stille, als ich sah, wie das Stromkabel meinen Feind zusammenschnürte – die frohe Ankündigung eines guten Schuljahrs.

Die vierte Klasse wurde ein herrliches Schuljahr. Aber nach dem Schneefall war es aus mit der Stille, und das Kabel wurde noch am selben Tag vom Baum gelöst. Alles hatte so schön begonnen, das schon, und am Anfang machte ich mir selbst etwas vor: ich hatte das Gefühl, daß alles in Ordnung mit mir war, daß ich wie die anderen (und sogar eine weniger offenkundige Zielscheibe) war. Aber diese schöne Illusion wurde an dem Dienstag zunichte gemacht, an dem ich mitten in der Mathematikstunde auf die Toilette ging.

Das war mein Fehler, mein erster Fehler. Ich bewegte mich sonst immer mit äußerster Vorsicht in der Schule, denn ich wußte, daß ich dort vollkommen wehrlos, daß das nicht mein Territorium war, sondern ein Gebiet, das ich mit sechshundert anderen Mädchen teilte. Meine Vorsichtsmaßnahmen bestanden darin, mich stets Gruppen anzuschließen und mir besonders lebhafte Spiele auszusuchen, ich war wie verrückt auf Ablenkung aus.

Das war in den Pausen. Im Klassenzimmer hielt ich mich an die Lehrerin. Besser war besser.

An besagtem Dienstag blieb ich nach der Turnstunde zu lange am Trinkbrunnen, so daß sich schon eine lange Schlange hinter mir bildete. Wir hatten Volleyball gespielt, es war Volleyballsaison in der Schule, und begeistert hatte ich mich mehr als sonst verausgabt. Ich wollte in die Mannschaft kommen, die zum Turnier fuhr. Ich hatte einen tollen Aufschlag, und es gab eigentlich keinen Grund, mich nicht aufzustellen, aber für alle Fälle strengte ich mich beim Training an, als ginge es um Leben und Tod, ich konzentrierte mich auf den Ball und die Bewegungen der gegenerischen Mannschaft, als hätte ich zwei Augen ... das heißt, als wären meine beiden Augen unabhängig voneinander und könnten in verschiedene Richtungen schauen.

Also blieb ich zu lange am Trinkbrunnen hängen. Wenn man so viel Wasser trinkt, muß man unweigerlich in der Mitte der nächsten Stunde um Erlaubnis bitten, auf die Toilette zu gehen.

Und leichtfertig verließ ich das Klassenzimmer.

V

Tag für Tag trugen ich und meine Schwestern in der Schule die gleiche Unterwäsche, immer im selben Geschäft gekauft. Socken, Höschen und Unterhemden in dreifacher Ausfertigung waren für Esther Grund genug, die Großmutter extra ins Stadtzentrum zu schicken. Sie sollte mit mir zum Parkplatz in der Calle Liverpool fahren – der mit den Holzbänken neben der Ausfahrt, die schon prophezeihten, wie endlos lange man auf den Wagen warten mußte. Ich kann mich jedoch nicht erinnern, wer den Wagen steuerte (meine Großmutter hatte nie Autofahren gelernt). Von dort gingen wir dann zu Fuß immer zum selben Laden in der Calle de Uruguay, um Höschen und Hemden zu kaufen: aus weißer Baumwolle mit rosafarbenem, blauem oder gelbem Schleifchen, damit wir sie zu Hause auf Anhieb auseinanderhalten konnten.

Der Spaziergang zum Laden war nicht weiter beschwerlich, beide waren wir tüchtige Wanderer, die Großmutter mit ihren stämmigen Beinen und ihre staunende Enkelin, die von ihr durch die Straßen der Stadt gezogen wurde. Mein Gang war unregelmäßig: wenn ich flüchten mußte, wie zum Beispiel vor dem Riesen (der mit den Stelzen, Guama hieß er, glaube ich, mit den langen Haaren und der Brille, der sich damals vor dem Gebäude herumtrieb, wo der Doktor der Großmutter seine Praxis hatte), dann beschleunigte ich meine Schritte; langsamer ging ich, wenn ich mir etwas anschauen oder unbedingt ein paar von den

Schmalzkringeln haben wollte – oder sie schon bekommen hatte –, die es in einer Passage im Stadtzentrum gab und deren fetter Vanillegeruch mir, wie ich mich noch gut erinnere, schon viele Blöcke vorher in die Nase stieg.

Das Bummeln, so typisch für unsere Spaziergänge, war jedoch nicht zwischen Parkplatz und Cherems Laden erlaubt, denn auf diesem Weg gab es nur »schlechte« Kleidergeschäfte, wie Großmutter sagte, obwohl sie sich in meinen Augen nicht von den anderen unterschieden. So schritten wir soldatisch forsch und gleichmäßig aus, bis sich vor uns die gedehnte Ebene der Zeit öffnete, die die Großmutter benötigte, um sich in ihrem Laden für das gleiche wie immer zu entscheiden, für das Modell vom Vorjahr, nur in anderen Größen, doch haargenau derselbe Schnitt. Jahr für Jahr rief sie dann, »das nehme ich«, »gute Baumwolle« oder sogar »wie hübsch« (das war für mich der Gipfel). Cherem packte die Wäsche jedes Jahr in Pappkartons, während er mit der Großmutter über einen Preisnachlaß stritt, und unweigerlich handelte sie ihn jedes Jahr um 15% hinunter.

Aber einmal gelang es mir, die Großmutter zu beeinflussen, fragen Sie nicht wie. Jedenfalls kamen wir mit drei Unterröcken aus weißem Nylon zurück. Wer weiß, auf welche List ich zurückgegriffen hatte, damit Großmutter ihre traditionelle Strenge vergaß, meinen niederen Instinkten nachgab und sich auf so etwas Neckisches einließ. Wir drei Mädchen hatten damit eine Bastion kindlicher Koketterie errichtet und feierten den Sieg mit einer Modenschau vor dem Spiegel im Zimmer meiner Schwestern, bei der sich drei Mädchen-Models mit Schleifen im Haar und Frisuren, die wir für atemberaubend hielten, alle im gleichen Unterrock in drei verschiedenen Größen präsentierten.

An jenem Dienstag trug ich statt des traditionellen Baumwollunterhemds mit dem Schleifchen den Nylonunterrock.

Das sollte man wissen, bevor ich erzähle, was in der Toilette geschah.

Die Schultoiletten waren geräumig und stets peinlich sauber. Hinten an der Wand befand sich ein riesiger Spiegel, links waren die Waschbecken und rechts die Türen zu den Klos. Der Gang hinter der Tür, die auf den Korridor mit den Klassenzimmern hinausging, führte auf die Wand der ersten Kabine zu. Die Tür zum Hof des Kindergartens war immer verschlossen. Wenn man vom Korridor hineinkam, mußte man links um die erste Kabine herumgehen, um in den eigentlichen Toilettenraum zu gelangen. Zu meiner Überraschung war ich dort nicht allein. Zwei ältere Mädchen (wohl von der *High School* und nicht aus der Grundschule, denn ich hatte sie noch nie gesehen) lieferten sich eine Schlacht mit nassen Papierkügelchen. Als ich dazukam, unterbrachen sie ihren Kampf nicht. Sie grüßten mich nicht, ließen mich jedoch in Frieden. Sie bemerkten mich kaum. Beruhigt schloß ich die Klotür hinter mir, ließ die Hosen hinunter und setzte mich, um zu pinkeln. Wie immer ließ ich die Unterhosen bis zu meinen Schuhen rutschen, zu Hause waren sie mir deswegen schon oft naß geworden, wenn der Boden noch feucht war, weil gerade eine meiner Schwestern geduscht hatte.

Hier war der Boden jedoch trocken. Ganz überraschend fuhr plötzlich eine Hand unter der Klotür hindurch und griff sich meine Hosen unter wildem Gekicher. Ich beeilte mich so gut ich konnte, kam heraus und bat die Großen um meine Unterhose. »Welche Unterhose?« fragten sie. »Meine«, gab ich zurück. »Etwa die da?« Sie zeigten hinauf. Oben an der Gipsdecke klebte neben klitischigen Papierkügelchen meine tropfnasse Unterhose, als hätte sie dort jemand wie auf dem Boden zum Trocknen ausgebreitet.

Ich sagte nichts. Ich beschloß, ins Klassenzimmer zurückzugehen. »Wehe, wenn du uns verpetzt, dann kannst du was erleben«, sagte die Dunkle zu mir. Die andere war schlanker und hellhäutiger, mit feinem Haar, das weich aussah und ihr hellbraun auf die Schultern fiel. »Denk nicht mal im Traum dran, uns zu verpetzen«, warnte sie mich.

Natürlich wollte ich sie nicht verpetzen, ich wollte nur schnell fort von hier. Im Gang zur Tür war noch eine von ihnen, sie hatte leuchtende Augen und versteckte unter ihrem Schulpullover bereits einen wohlgeformten Frauenkörper. »Wo willst du hin?« fragte sie. »Ins Klassenzimmer.« »Versuch's doch!« riefen die drei im Chor. Und sie fingen an, mich hin und her zu scheuchen. Natürlich war es ihnen ein leichtes, mich zu fangen. Und was stellten sie mit mir an? Sie kitzelten mich. Schon immer hatte ich das gehaßt, aber jetzt haßte ich sogar mich selbst, weil sie meinem verängstigten Körper ein Lachen entrissen, das fröhlich und spontan klang, denn wenn ich auch unter dem Kitzeln litt, hatte ich doch gleichzeitig das schmerzhafte Gefühl von *Wohligkeit.* Ich riß mich los, so gut ich konnte, doch gemeinsam fingen die drei Großen mich wieder ein. Sie waren erregt, und ihr Schweigen hatte etwas Bösartiges.

Inzwischen begannen die Papierkugeln an der Decke herunterzufallen. Man mußte ihnen ausweichen, um auf dem Toilettenboden nicht auszurutschen.

Eine von den Kugeln fiel mir in den Hals und glitt meinen Rücken hinunter. Nun achtete ich nicht mehr auf die drei Großen. Ich fühlte ein stechendes Brennen im Rücken. Ich preßte mich instinktiv an die Wand, und das Brennen ließ nach.

Die drei waren auf einmal verschwunden, ohne daß ich es gemerkt hatte. Ohne sie war der Toilettenraum noch dunkler. Ich zog den Pullover aus und hob meine Schulbluse hoch. Dann drehte ich den Kopf nach hinten und sah im Spiegel das riesige Loch in meinem zerfressenen Nylonunterrock, das einen großen Teil meines Rückens bloßlegte. Als ich die Bluse hochgezogen hatte, war die durchweichte, triefende Papierkugel durch ihr eigenes Gewicht schwer auf den Boden geklatscht. Ich zog mich wieder an und hielt Ausschau nach meiner Unterhose, fand sie jedoch nicht, weder an der Decke noch auf dem Boden. Ich ging in die Mathestunde zurück und versuchte, mich aufs Bruchrechnen zu konzentrieren.

VI

Auf meinem Unterrock war die wunde Stelle, das Brandmal zu sehen. Die drei Großen, die das Bad mit Licht erfüllt hatten, waren Engel, bleiche, rebellische Engel, die Dunkle war der Engel des Guten, und die vor der Tür war der Engel, der den Eingang des Fegefeuers bewachte. Die Unterhose war meine Seele, um die sie den legendären Kampf führten. Das Wasser, das meine Schulter verbrannt hatte, war Taufwasser, das meinen Glauben entzündete und in meinem Körper brannte wie die Flamme der göttlichen Weisheit …

Für mich mochte diese Erklärung Geltung haben, doch zu Hause würde ich das Loch im Unterrock so nicht erklären können. Der Verlust der Unterhose fiel vielleicht nicht weiter auf, aber das mit dem Unterrock war eine kniffligere Angelegenheit. Vor dem abendlichen Bad warf ich ihn in den Korb mit der schmutzigen Wäsche und hoffte, daß niemandem dieses dunkelgeränderte Brandmal auffiel.

Ich hatte Glück. Eine Unterhose weniger war in unserem Haushalt nicht weiter von Bedeutung, und das Loch hatte ihrer Meinung nach die Waschmaschine in den Unterrock gerissen. Esthers Kommentar lautete: man soll eben kein billiges Nylonzeug kaufen. Ich bat darum, das billige Zeug behalten zu dürfen. Ich wollte es zum Spielen. Wenn man den Unterrock verkehrt herum anzog, mit dem Rücken nach vorne, dann befand sich das Mal genau an der Stelle, an der der Römer seine Lanze hineingebohrt hatte. Ich malte den Rand des Lochs dunkel an, bastelte mir aus einem Zweig eine Dornenkrone ohne Dornen und aus einem Drahtbügel einen Heiligenschein, aber umsonst, denn meine Schwestern wollten nicht Heilige und Märtyrer mit mir spielen.

Ich las gerne in den Heiligengeschichten, die man uns statt der Comics kaufte, die die anderen Mädchen lasen. Meine Schwestern fanden sie dagegen langweilig, und wenn sie konnten, kauften sie sich heimlich all die Archies, Supermänner, Little Lulus, Hefte, die zu Hause verboten waren. Von den *Beispielhaften Leben* lasen sie nicht einmal das Titelblatt.

Ich aber verschlang diese Geschichten geradezu. Ich las sie nicht etwa zur Erbauung, nein, nichts dergleichen, aber ich verfolgte sie mit Begeisterung, mehr noch als die anderen Bücher, die Papa mitbrachte.

Da die Heiligengeschichten im Haus nicht beliebt waren, gab man sie nach der Lektüre gleich an die Großmutter weiter. Wenn ich sie besuchte, las sie mir alle noch einmal vor oder erzählte sie mir: bei Häkelnadel Nummer eins eröffnet Gretchen ihren Eltern, daß sie ins Kloster gehen möchte, bei Häkelnadel Nummer zwei verweigern sie ihr diesen Wunsch, denn sie sind schon alt, bei Häkelnadel Nummer drei weiß sie nicht, ob sie ihren Wunsch in die Tat umsetzen oder sich dem Willen ihrer Eltern beugen soll, bei Häkelnadel Nummer vier gehorcht sie ihren Eltern, bei Häkelnadel eins wird sie mit einem bösen Mann verheiratet, der sie schlecht behandelt und schlägt, bei Häkelnadel zwei beklagt sich Gretchen nicht, sondern erduldet alles nach Jesus' Vorbild, bei Häkelnadel drei erweist sich ihr Mann auch noch als jähzornig, bei Häkelnadel vier prügelt er sich mit Männern aus dem Dorf und wird umgebracht, und dann wieder zu Häkelnadel eins … Sie häkelte herrliche weiße Decken für unsere Aussteuer, für die von mir, von meinen Schwestern und meinen Kusinen. Doch obwohl die Großmutter meine Bewunderung für die Heiligen teilte, dachte ich nicht im Traum daran, sie zu bitten, mit mir zu spielen, daß die Römer mir ein Mal in den Körper gebrannt hätten. Also spielte ich nur ein einziges Mal gelangweilt mit meinem Unterrock und steckte ihn dann in die Schublade mit den Buntstiften.

Schließlich zog ich ein Band durch den Rock und machte einen Lumpensack daraus, um damit Steinchen im Hof des Nachbarhauses zu sammeln.

(Ich fühle, wie mich von allen Seiten Zipfel von Erinnerungen umringen, die ich heraufbeschworen habe, während ich Ihnen meine Geschichte erzähle. Sie drängeln, heben den Finger wie die Kinder, rufen »ich zuerst«, und ich weiß nicht, für welche ich mich entscheiden soll, ich habe Angst, daß eine beleidigt weggeht und nicht wiederkommt. Ich predige ihnen: »Habt doch Geduld, Erinnerungen, immer hübsch der Reihe nach, dann kann ich mich jeder einzelnen viel besser widmen. ... versteht doch, wenn ihr im richtigen Moment drankommt, werdet ihr in viel schönerem Licht erscheinen, ihr werdet euch öffnen und all die Schätze enthüllen, die ihr auf den Rücken eurer wilden Stuten tragt.«

Wenn ich dann an einem Faden für die nächste Geschichte ziehe, strahlt die auserwählte Erinnerung übers ganze Gesicht. Wie glücklich macht mich ihr Lächeln! Wenn sie mich überkommt und durchfährt, könnte man meinen, sie liebte mich, sie empfände Zärtlichkeit für die, die sie einmal in die Welt gesetzt hat (als sie selbst Teil dieser Anekdote war).

Bei meinem Entschluß, Ihnen das zu erzählen, Sie mir als Zuhörer zu erfinden, um sprechen zu können, um über einen Gesprächspartner und somit über Worte zu verfügen, hätte ich niemals gedacht, welch ein Glück mir die Erinnerungen schenken würden. Mit einem Schuß Übertreibung könnte ich die Herrlichkeit meiner Freude so beschreiben: ich lebe von neuem.

Die anderen Erinnerungen, die ich nicht drangenommen habe, schleichen sich gemein, gesichtslos von hinten an mich heran und machen sich über meine Einsamkeit, meine Trübsal, meine Traurigkeit lustig. Aber ich kümmere mich nicht darum, denn bald schon – nur ein wenig Geduld – werden sie sich in strahlendes Lächeln verwandeln.

Das Eingeschlossensein ist somit eher *bequem* für mich. Nie hätte ich das für möglich gehalten! Bequem, wohlig, vorteilhaft. Nur hier kann ich so lustvoll meine Geschichte knüpfen, ohne daß die Erinnerungen unterbrochen würden, wenn ich sie einbestelle, denn hier *ereignet* sich nichts als das Erinnern.

Wie schade, daß ich nicht gleichzeitig zurückhalten kann, was ich hier erzähle, daß ich nicht im gleichen Atemzug alles wiederempfinden (also noch einmal erleben) kann, was Sie hier von mir zu hören bekommen!

Erinnern Sie sich noch an alles? Schwerlich! Für Sie ist es nur eine Geschichte unter vielen, Sie haben ja so viele, mit denen Sie sich die Zeit vertreiben ... Ich beneide Sie. Ich habe nichts als Erinnerungen, und selbst was ich mir ausdenke, könnte sehr gut Teil meiner Erinnerungen gewesen sein.

Könnte ich doch bloß niederschreiben, was ich erzähle, um es dann bis in alle Ewigkeit wieder und wieder zu lesen ...)

Die Steine, die ich bei den Nachbarn »sammelte«, waren klein und weiß und dienten als Schmuck für die Blumenbeete, die die Hausfront zierten.

Es war ein Abenteuer, sie sammeln zu gehen, denn man

kam nicht einfach an sie ran, und außerdem waren es »veredelte« Steine, »Rassesteine« und nicht nur einfache Kieselsteine. Deshalb durfte uns auch niemand dabei erwischen, wenn wir uns welche klauten.

Das war nicht weiter schwierig in unserem Viertel.

Zu Hause wuschen wir die Steinchen, polierten sie mit einer alten Zahnbürste und spielten mit ihnen. Wir benutzten sie als Figuren beim *Mensch, ärgere dich nicht* oder als Zierde auf unseren Bastelarbeiten für die Schule … Ich mußte einmal eine Hausaufgabe wiederholen, weil ich geometrische Körper in Knete (einen blauen Zylinder, einen gelben Dingsdaeder und einen grünen Kegel) mit den Steinchen verziert hatte.

Die Verzierung war der Lehrerin wohl zu unschöpferisch erschienen. Sie war eine Frau mit üppigem, rötlichem Haar mit Pony, das sie meistens mit einer Schleife, immer von der gleichen Farbe wie ihr Kleid, zu einem straffen Pferdeschwanz zusammengebunden hatte.

Sie war klein (Sechstkläßler wuchsen ihr manchmal schon über den Kopf), stämmig und recht energisch. Ich habe noch ihr Gesicht vor Augen, als sie meine Figuren sah.

»Was ist den mit deiner Aufgabe passiert?« rief sie, und es klang halb wie ein Vorwurf, halb wie eine Frage.

Ich begriff nicht, was sie meinte. »Hat sie Masern bekommen, oder ist sie dir unterwegs in den Dreck gefallen?« Selbst als ich einmal *Brasil* mit z geschrieben hatte (natürlich, in den englischen Lexika zu Hause stand es auch so, allerdings war dieses z das einzige, was ich mir aus dem Lexikon aneignete, denn ich hatte keine Lust darin zu lesen), hatte sie es durchgehen lassen (und mich sogar dazu beglückwünscht) …

Aber die Steinchen auf meinen Knetefiguren wurden entschieden zurückgewiesen. Die Lehrerin verlangte von mir, sie noch im Klassenzimmer in den Papierkorb zu werfen.

Was für eine Demütigung! Diese Steinchen hatte ich aus fremden Blumenbeeten stibitzt und in einem Heiligenunterrock gesammelt, sie waren Quelle von so viel Freude gewesen (wegen der Spiele, von denen ich gesprochen habe, und wegen etwas anderem, auf das ich noch kommen werde), doch in der Schule hatten sie keinerlei Zukunft.

Meine Schwestern und ich hatten ein Spiel erfunden, bei dem wir mit den weißen Steinchen Gebiete absteckten: auf dem Boden oder im Garten legten wir Grenzen von Phantasieländern und ließen uns in ihrem Kreis in prachtvollen Zeremonien zu Königinnen krönen. Die Krone bildete eine Art goldene oder silberne Plastikperücke, unter der unsere Köpfe schwitzend ihre beschwerliche Schönheit genossen. Wir balancierten auf Esthers hochhackigen Schuhen und rezitierten herrschaftliche Festreden, die unserer bescheidenen Vorstellung von jener Macht entsprangen, die wir in unseren jeweiligen Königreichen repräsentierten. Unsere prachtvollste Krönungszeremonie war die, in der ich zur Königin meines eigenen Königreichs gekrönt wurde: ich thronte auf einem Stuhl, der wacklig auf dem Bett stand und mit einem Bettlaken verkleidet war. Meine Schwestern hatten mir mit einer Schnur Kopfkissen um die Taille gebunden und so ein ausladendes Kleid gemacht, für das ich gar keinen Reifrock mehr brauchte. Der Nylonunterrock (inzwischen schon ein Lumpen) baumelte wie ein Schwanz hinten am Phantasiekostüm herunter. Was für eine Pracht! Von meiner Höhe blickte ich auf die weiße Grenzlinie meines Reichs, soweit es die gewaltige Perücke gerade noch zuließ, ohne mich zu sehr an den Schläfen zu drücken: um das Bett herum bildeten die Steinchen ein unförmiges O. Male hatte Esther um zwei Hirten von der Weihnachtskrippe gebeten: dort unten knieten die beiden Bittsteller nun und streckten mir ihre Arme entgegen. Neben ihnen blickten zwei allzu weiße Enten ehrfürchtig zu mir auf, ohne sich vom Spiegel weg zu bewegen, den wir aus Esthers Tasche entwendet hatten und der nun ein See war, aus dem die Enten, Exemplare der Porzellanspezies, trinken konnten.

»Achtung!« »Du fällst!« So hörte das Spiel immer auf. Ich fiel aber nicht, schnell stieg ich hinunter und legte meine königlichen Gewänder ab, denn Inés rief uns schon ins Bad, und dann wurde im häuslichen Wirbel zu Abend gegessen: rote Bohnen mit geriebenem Käse, Putengeschnetzeltes.

Von der Bühne meines Königreichs wurde nur der Stuhl weggeräumt und das Bett gemacht. Bevor ich mich schlafen legte, rückte ich noch ein paar verrutschte Steinchen gerade. Als ich die Augen in der Mitte des Steinkreises schloß, fiel mir die Stille auf, die mich umgab, eine aufpolierte Stille, ganz anders als die ruhige Abwesenheit der Geräusche, wie sie die Stille des Schnees gekennzeichnet hatte. Ich hörte die Erwachsenen nicht, die noch durch das Haus liefen, hörte auch nicht die Geräusche, die unter der riesigen Glocke der Nacht immer den Schritten vorangingen … Inmitten meines Territoriums, zufällig im Spiel erfunden, gelang es mir (endlich!) der quälenden Dunkelheit zu entkommen, die mich schließlich doch umzingeln sollte.

Die *Pedigree*-Steine behüteten mich und verbreiteten die ganze Nacht über Stille im Haus, damit ich schlafen konnte. Nur weil ich an sie so gewöhnt war (an die Geräusche), wachte ich in der Morgendämmerung auf. Das Haus lag im Schweigen. Ich stand auf und trat aus meinem Steinkreis heraus: da waren dieselben Geräusche wie immer. Die Schritte und der Klang aus dem Schneckenhaus der Furcht waren immer noch unermüdlich am Werk. Ich hüpfte in die Insel des Schweigens, und im Bett schloß ich glücklich die Augen. Es gab eine Erlösung von meinem Alptraum.

In den folgenden Nächten legte ich, wie Sie sich denken können, die weißen Steinchen erneut um mein Bett. Ich vergaß alles um mich herum: mir die Zähne zu putzen, meine Hausaufgaben einzustecken, mir Schnürsenkel in die Schuhe zu ziehen, Frage Nummer vier (oder irgendeine andere) in einer Prüfung zu beantworten – aber den nächtlichen Erlöserkreis vergaß ich nie. Ich erholte mich glücklich in diesem Paradies der Stille, ich ließ mich wie jedes andere Mädchen auch in die reine Wonne der Kindheit fallen, statt Einsen bekam ich in der Schule Zweien und Dreien, ich traute mich, zu Freundinnen zum Spielen zu gehen, wenn sie mich einluden, und mir fiel auf, daß niemand im Haus sich über meinen Steinkreis wunderte. Am Morgen fegte das Dienstmädchen die Steine zusammen und warf sie weg. Außer mir bedeuteten sie niemandem etwas.

Für ein paar Tage bekamen wir drei Mädchen zwischendurch frei, damit wir nach Cuernavaca in ein Hotel fahren konnten, das Esther als *charmant* bezeichnete und das *Zu den Feigen* hieß, weil dort im Garten ein Paar riesige Feigenbäume standen. Das Hotel wurde von einem Mann mit Namen Don Alfredo geführt, seinen Nachnamen erfuhr ich nie, oder ich kann mich nicht an ihn erinnern. Der Kellner, der uns im Speisesaal bediente, hieß Primitivo, die Zimmer waren eng und ungemütlich, und trotz des Kühlsystems wurde das Wasser im Schwimmbecken niemals kälter. Aber Esther war glücklich bei ihren endlosen Schwätzchen mit dem Hoteldirektor.

Don Alfredo schrieb Gedichte. Er hatte eins über die Weidenbäume geschrieben, die man von der Terrasse aus sah, und andere über das Dorf seiner Kindheit. Er war mit einer Jüdin verheiratet gewesen und hatte sich irgendwann von ihr getrennt (bei uns zu Hause hätte niemand das Wort *geschieden* in den Mund genommen). Aus dieser Ehe gab es eine Tochter, die (wie Papa ausrechnete) ungefähr in Esthers Alter sein mußte.

Meine Schwestern und ich tollten auf der Wiese herum, spielten Karten, *Mensch, ärgere dich nicht* oder Tourist und stiegen ab und zu ins Schwimmbecken ... wir taten alles, was sich nur anbot, um die starre Ruhe an diesem Ort zu durchbrechen. Das Hotel schien niemals andere Gäste zu haben. In der Nacht konnte ich noch so sehr an der Glocke der Dunkelheit rütteln, mein geschärftes Gehör schien doch nichts weiter als den Wind zu vernehmen, wenn es einmal windete.

Im Hotel *Zu den Feigen* war nie etwas los. Soviel stand von vornherein fest, und wahrscheinlich hatte Esther es gerade deshalb ausgewählt (einmal abgesehen von ihrer Freundschaft mit Don Alfredo). Nichts war los, rein gar nichts. Selbst das Sonnenlicht, das im restlichen Cuernavaca am Mittag immer mit einem Schlag jäh herunterknallte, rieselte hier weich und zart auf uns herab, verstohlen, fast zufällig. Allerdings bekamen wir während dieser drei Tage eine Person zu sehen, die so gar nicht in unsere Welt paßte, ein Mädchen, das zwar erst so alt wie Male, aber bereits eine Frau war, das heißt, keine herangereifte Frau, sondern ein verdorbenes Mädchen. Sie war jämmerlich und verströmte den süßlichen Duft einer überreifen Frucht, ihre Augen waren so stark geschminkt, als hätte sie viel zu lange vor dem Spiegel gestanden, sie rauchte, und ihre Geschlechtsmerkmale hingen wie Lumpen an ihr (nicht wegen ihres Alters, sondern weil sie wie *zerfetzte Kleider* wirkten): ihre Brüste, ihre langen Beine und ihre Taille, die sich bei ihren dreizehn Jahren noch nicht ganz herausgebildet hatte, entsprachen denen einer leicht fülligen Frau und nicht der natürlichen Geradheit eines Mädchenkörpers. Sie spielte der Welt eine *unbefriedigte* Frau vor, während sie doch eher ein unbefriedigtes *Mädchen* war, ein Mädchen, das von seiner Mama (auf dem Hotelparkplatz hatte ich einmal jemand sagen hören, »da ist ja die Schnapseule«) nie geküßt oder gestreichelt worden war. Schon fertig ausgebildet, ohne herangewachsen zu sein, schien sie etwas zu suchen, aber in Wirklichkeit wollte sie gar nichts finden, weil sie im Glauben war, daß es da nichts zu finden gab, nicht einmal den Tod.

Eines Mittags ging ich zu ihr, als sie sich gerade die Fingernägel mit der gelangweilten Miene einer erfahrenen Frau lackierte, als wäre das alles ein alter Hut für sie. Während ich über irgendwas mit ihr redete, sah ich mir ihre Hände genauer an, und mir fiel auf, daß sie über und über mit Lack verschmiert und die Nägel schlampig angemalt waren. Hier und da hatte sie ungeschickt über den Rand gepinselt.

»Was machst du da?« fragte ich sie. »Du malst sie nicht richtig an.«

Sie fixierte mich mit ihren hellen Augen, die sonst nirgendwo zur Ruhe zu kommen schienen.

»Weißt du, wie ich heiße?«

»Ja.«

»Und weißt du auch, nach was mein Name klingt, ja?«

Ich traute mich damals nicht, nein zu sagen, und jetzt fällt er mir nicht mehr ein. Dann erzählte sie mir einen Witz über Christus am Kreuz und Maria Magdalena, die mit ihm irgendwas machte, was ich nicht verstand, jedenfalls wußte ich nicht, was komisch daran sein sollte. Und nachdem sie gelacht und mich mit ihrem Blick, den sie nicht von mir ließ (der Blick eines Ungeziefers, einer Kakerlake, einer Schmeißfliege), ebenfalls zum Lachen gezwungen hatte, sagte sie: »Was verstehst du denn schon, du müßtest doch wissen, warum ich mir die Hände so anmale, oder weißt du's wirklich nicht?«

Wenn ich mich auch nicht getraut hatte, ihr zu gestehen, daß ihr Witz nicht in das Glashaus meiner *Unschuld*, wie meine Eltern es ausgedrückt hätten, vorgedrungen war, so gestand ich ihr doch, daß ich nicht wußte, warum sie sich die Nägel schlecht lackierte. »Kannst du es nicht besser, oder was?« Sie antwortete – ich erinnere mich nicht mehr an die einzelnen Worte –, daß es ein Täuschungsmanöver war, man sollte ihre Hände nicht wiedererkennen, zumindest verstand ich es so. Ich frage: »Und warum soll man dich nicht wiedererkennen?«

Da packte sie mich bei den Handgelenken, zog mich zu sich und preßte ihre rechte Hand auf meine Mädchenbrust, wobei sie meinen Badeanzug beiseite schob, um die Haut berühren zu können. Sanft zwickte sie mich in die Brustwarze, und dicht vor meinem Gesicht, Mund auf Mund, sagte sie zu mir wie bei einem Kuß aus Worten: »Ich tue, was ich kann, um mich zu retten.« Dann ließ sie mich los.

Ein Träger vom Badeanzug war heruntergerutscht, ich blickte hinunter und sah auf meiner Brust den roten Abdruck ihres Nagellacks genau an der Stelle des Herzens, ein neues Brandmal – gemein und schmerzhaft. Das wollte ich bestimmt nicht behalten. Ich rannte durch den Garten zum Schwimmbecken, wo meine Schwestern schwammen und spielten. Ich sprang ins Wasser und schwamm, bis keine Spur mehr von dem roten Schorf des Schmerzes, von ihrer rauhen Liebkosung auf meiner Brust zu sehen war.

Damals kam mir der Weg von Mexiko-Stadt nach Cuernavaca ewig lang vor. Jetzt weiß ich, wie kurz und einfach er war. Als wir mit Esther am Steuer abfuhren, waren wir drei Mädchen glücklich, wieder nach Hause zu kommen, und vierstimmig sangen wir etwas, während ich dachte: Was wollte sie mir sagen? Wovor muß sie sich retten? Ich zog den Spiegel aus Esthers Tasche und betrachtete mein Gesicht: meine Augen waren dunkel, die Haut war rein, und mein Gesicht ähnelte in nichts dem ihren. Sollte ich mir die Fingernägel lackieren?

Ich fragte Esther:

»Esther, lackierst du mir zu Hause die Nägel?«

»Mädchen lackieren sich nicht die Nägel.«

»Ich weiß nicht, ob Mädchen das machen oder nicht, Esther, aber ich möchte sie mir eben lackieren.«

»Das finde ich nicht gut.«

»Aber …«

»Nein.«

Wenn Esther »nein« sagte, dann gelang es ihr, uns auf viel wirksamere Art als eine autoritäre Mutter zu überzeugen. Sie gab uns das Gefühl, daß wir nicht nachgeben mußten. »Das schadet dem Nagelbett. Es sieht häßlich aus. Der Lack läßt die Nägel nicht atmen. Es ist unbequem. Es sieht nicht gut aus. Nein.«

Und mit ihr zusammen sagte ich: »Nein, ich muß mir nicht die Nägel lackieren.«

Als wir zu Hause angekommen waren, überredete ich Male, bei den Blumenbeeten im Nachbarsgarten mit mir Steinchen zu sammeln. Ich mußte sie überreden, weil meine Schwestern die Steinchen inzwischen langweilig fanden. Sie hatten ihre Leidenschaft für ein Mikroskop entdeckt, unter dem sie alles zerlegten und zerschnippelten, was nur zerlegt und zerschnippelt werden konnte, und da sich die Steine nicht unters Mikroskop legen ließen, hatten sie jedes Interesse an ihnen verloren.

Aus Cuernavaca hatten sie herrliche Beute mitgebracht, die sie färben und sich während mehrerer Tage im Mikroskop anschauen konnten: nur das schien sie noch zu interessieren.

Male, die mir gegenüber immer nachgab, begleitete mich trotzdem, doch zum Unglück umsonst. Die Nachbarn hatten die Steinchen bei den Blumenbeeten weggeschafft, Erde und Blumenschmuck waren verschwunden.

Zwei Maurer stellten gerade ein Baugerüst auf, um die an sich schon ungemein häßliche Fassade zu renovieren.

Ich fragte sie nach den Steinchen. »Was für Steinchen?« Male beschrieb sie ihnen, aber sie zuckten nur mit den Schultern und wußten nichts davon. Bedrückt und ängstlich ging ich zum Haus zurück, während Male mich davon zu überzeugen versuchte, daß das nicht so schlimm war, und sie zählte mir auf, was für tolle Sachen wir unter dem Mikroskop sehen würden.

In der Nacht waren sie alle wieder da, höhnisch und mit ihren spitzen Nägeln, um mich zu verfolgen.

Ich mußte nur die Augen schließen (vom Einschlafen war schon gar keine Rede mehr), und die Geräusche und Schritte quälten mich, indem sie noch lauter wurden. Ich fand nichts, was den Schutz der Steinchen hätte ersetzen können. Ich probierte mehrere Sachen aus, wurde aber nur ausgeschimpft, wenn ich Haaröl, Styroporkügelchen oder Stoffetzen auf dem Boden verteilte ... Ich legte auch einen Kreis aus Strohhalmen, Keksen und aus den Rollschuhen von mir und meinen Schwestern.

Es war zwecklos.

VII

Die Telefonnummer meiner Großmutter war 16 19 50. Unsere war sehr viel einfacher: 20 25 30. Die unregelmäßige Zahlenfolge von Großmutters Nummer war wohl der Grund, daß uns nie alle Ziffern einfielen, wenn wir sie brauchten. Es gelang weder unseren Dienstmädchen noch meinen Schwestern oder mir, obwohl ich mir sonst immer alles so gut merken konnte. Außerdem bestanden meine Schwestern entschieden darauf, daß die Nummer der Großmutter in den gelben Seiten des Telefonbuchs zu suchen war, die für Geschäfte, Gewerbezweige, Berufssparten, Dienstleistungen und Erzeugnisse gedacht waren, während man die Privatnummern doch in den weißen Seiten fand. Die Entschiedenheit, mit der meine Schwestern ihre Suche in den gelben Seiten rechtfertigten, war auf eine Fernsehwerbung mit Zeichentrickfiguren wie für Kinder zurückzuführen.

Der Werbespot war ziemlich verworren. Während ein Frauenchor sang »*schlagen Sie nach* (hier machten sie eine Pause) *in den gelben Seiten*«, kam es zu einem wilden Reigen, der Chinesen mit Haferkörnern oder sonst irgendwelche willkürlichen Elemente vereinte. Die Zeichentrickfiguren forderten uns nachdrücklich auf, doch zu den gelben Seiten zu greifen, wir sollten dort immer nachschlagen, wenn wir eine Nummer suchten, auch wenn die hauchdünnen Blätter unter unseren Händen zerknitterten, zerfielen, zerrissen. Die Werbung war zwar für Kinder gemacht, aber es war nicht weiter verwunderlich, daß ihre Botschaft zu hoch für uns war: ebensowenig verstand ich die Episoden mit Kater Felix und noch weniger – viel, viel weniger – die langen Tiraden einer Figur mit Namen Chabelo, die ein erwachsener Schauspieler spielte. Er war groß und dick, verkleidete sich nach spanischer Art als Kind mit kurzen Hosen und Matrosenhemd und redete auch so wie ein verwöhnter, verzogener kleiner Junge. Er stellte zur Schau, was in meinen Kinderaugen um jeden Preis versteckt werden mußte, selbst auf die Gefahr hin, eingebildet zu erscheinen: die Dummheit. Es war nicht nur sein Tonfall, sondern seine ganze Art zu reden und sich anzuziehen … Um nichts auf der Welt wollte ich so tölpelhaft und lächerlich wie der arme Chabelo wirken. Er verdrehte unsere Wünsche und war ein Antiheld des Fernsehens, denn er führte die abscheulichsten Schwächen der Kinder vor (er plärrte sogar vor aller Öffentlichkeit los!). Wir schauten ihn uns nur an, weil er das wehrlose Kind darstellte, das sich verteidigen konnte (auf Grund seiner Größe), das dumme Kind, das wegen seiner Dummheit geliebt wurde … Er hatte rein gar nichts mit der erhofften, begehrten Welt zu tun, er war mir weder sympathisch, noch verstand ich ihn, aber ich schaute ihn mir an, wie viele andere Kinder auch, wie er da mit seiner klebrigen Wehrlosigkeit, seiner massigen Gestalt mit jeder Pore zu sagen schien: ich bin ein Kind, ich bin dumm, ich will, daß man mich lieb hat, wer mich nicht lieb hat, dem *hau ich eine runter* …

Das alles hat mit einer Erinnerung zu tun, die ich Ihnen erzählen möchte. Sie ereignete sich noch vor der Geschichte mit dem Unterrock, vor meiner Medaille und sogar noch vor der Sache mit Enela, wahrscheinlich im Jahr 1962.

An einem Sonntagnachmittag blieb Juanita, die seit kurzem bei uns im Haus arbeitete, mit uns allein. Esther und Papa waren zum Stierkampf gegangen, um sich mit einem ihrer »intellektuellen« Freunde Manuel Capetillo anzuschauen. So drückten sie sich zumindest aus, sie sagten: »Don Pedro Vásquez Cisneros ist ein Intellektueller.« Ich begriff nicht, was das zu bedeuten hatte. Der Mann war nicht mehr jung, er hatte einen langen, graumelierten Bart und wirres Haar, setzte sich zum Pfeiferauchen in den Sessel, der bei uns zu Hause sonst nie benutzt wurde, es sei denn, Don Pedro kam und stellte sich in ihm mit seiner grauen Baskenmütze zur Schau, die er aus irgendeinem Grund nie abnahm – vielleicht hatte er eine Glatze oder vielleicht merkte er auch, wie sehr wir ihn um die Mütze beneideten, aber das bezweifle ich, denn uns schien er überhaupt nicht zu bemerken, wir hatten nicht die geringste Bedeutung für ihn. Für diesen »Intellektuellen« empfanden Esther und Papa eine glühende Zuneigung, sie sprachen seinen Namen und das Prädikat, das sie ihm gegeben hatten, mit tiefster Ehrfurcht aus, und wenn er redete, hörten sie ihm mit offenem Mund andächtig zu, als würden sie einer Predigt in der Kirche lauschen. Nach seinen Besuchen tauchten blaue Abziehbilder mit einem Fisch und der Aufschrift *Ja zum Christentum, nein zum Kommunismus* auf, die irgend jemand an die Scheiben von Geschäften und Autos geklebt hatte.

Als Esther und Papa vor der Bäckerei Elizondo einmal Elda Peralta mit ihrer Brottüte erkannten, kam in ihrer Stimme (ob auch in ihren Gesichtern, vermag ich nicht zu sagen, sie parkten gerade den Wagen, und wir saßen auf dem Rücksitz) eine ganz andere, aber nicht minder starke Bewunderung zum Ausdruck als die, welche sie für Vásquez Cisneros empfanden. Doch die Bewunderung in ihrer Stimme galt nicht ihr selbst (sie trug flache Schuhe, einen grauen Wollrock und einen Pullover in pastellfarbenem Rosa, für mich sah sie diskret aus, wie jede andere Frau auch, wie meine Mama, sie war weder besonders schlank noch groß und trug die Art Rock, mit dem man nicht weit ausschreiten kann, die einen jedoch auch nicht zu koketten Trippelschritten zwingt). Nein, ihre Bewunderung galt dem Mann, mit dem Elda Peralta liiert war, ein Schriftsteller (hieß er Spota?) und folglich eines jener mythischen Wesen, die für Papa die eiserne Willenskraft verkörperten, sich den *schönen Wissenschaften* zu widmen, eine Kraft, die er nicht aufgebracht hatte, obwohl er es gerne gewollt hätte. Seine Familie hatte ihn jedoch dazu überredet, etwas mit Zukunft zu studieren, um sich bei jenem Gelage, das sich die Epoche mit den Zaubereien der Chemie bereitete, einen Platz an der Tafel zu sichern: Schokolade, dic aus dem Nichts entstand, Gelees, die nur von Luft fest wurden, ewig haltbare Dauerwürste, Lebensmittelfarben und Geschmacksverstärker, in deren Fläschchen jede Süßigkeit, ja überhaupt jedes Nahrungsmittel, selbst die größten Leckerbissen schlummerten. Nicht nur das, sie standen auch für das Vertrauen in die Fähigkeiten des Menschen, der sich an einer neuen Renaissance berauschte, die Luft, Flüsse, Meere und die Lungen der Industriearbeiter vergiftete, und damit nicht genug, sie vergiftete auch die Lungen von Anwohnern und von den Menschen in den Großstädten. Aber bevor man sich ihrer zerstörerischen Wirkung bewußt war, kopierte man Patente und erfand neue, die unsere bis dahin klare Luft von Grund auf verwandelten ... Damals wußten wir noch nicht, daß die Fische mit öltriefenden Schuppen auf der Suche nach Wasser die Flüsse verlassen, das Meer Schaum von Putzmitteln und dunkle Ölteppiche an die Küsten werfen und die Urwälder zu Urwaldleichen werden würden ...

Aber ich bedränge Sie hier mit Reden, die ich zu verstehen und denen ich nachzueifern suchte, verleitet durch einen Besuch im Haus von Raquel vor langer Zeit, schon in meinem jetzigen Zustand ... Ich war in ihre Wohnung gesandt worden (um es irgendwie auszudrücken). Wie wohl fühlte ich mich da zwischen all den Büchern, Gemälden, Zetteln und Notizbüchern, zwischen Hunden und dem Licht, das durch das Fenster fiel und sich im Zimmer staute! ... Raquel setzte ihre Brille auf und wieder ab, wenn sie meine Schritte in ihrer Nähe hörte, bis sie schließlich nicht mehr den Kopf hob, wenn ich vorbeikam ... »Raquel Tibol!« rief ich sie bei ihrem Vor- und Nachnamen. Sie hörte mich gar nicht. Dann wurde ich aufgefordert, ihre Wohnung zu verlassen. Nicht daß Raquel sich irgendwelche Gedanken darüber gemacht hätte, was ich hier erzähle. Ihr Vater war bestimmt kein Industrieller, und die Verwandlung von Sand in Schokolade oder von Knochen toter Kühe in Würstchen beunruhigte sie nicht ... Aber Raquel erfuhr nichts von mir, *weil sie niemals zu denken aufhörte*. Ich schadete ihr nicht, wie ich auch mir nicht schaden möchte, wenn ich erzähle, was an jenem Nachmittag bei uns zu Hause geschah.

Wir spielten im Garten, als würde der Nachmittag nie zu Ende gehen, wie gebannt schauten wir einer Libelle zu, die regungslos in der Luft hing und uns mal schillernd, mal bläulich Gesellschaft leistete, mit den Flügeln schlug, ohne sich fortzubewegen, immer wieder auf derselben Luft am selben Platz herumkaute (wie man einen Kaugummi kaut), mit ihren Flügeln Luft wiederkäute und unsere Schwester war so wie wir die ihre. Doch dann – wer weiß, warum, ich hatte nicht das geringste Lüftchen verspürt, das unser Treiben hätte stören können – nahmen mich meine Schwestern zum Fernsehen mit hinein. Wir schalteten den Apparat an, und da sahen wir den Stierkampf, natürlich aus einer anderen Perspektive als Esther und Papa, als all die kleinen Ameisen, die von dem übergroßen Vaterauge, dem allmächtigen Auge besiegt worden waren, das zugleich fern und nah am Geschehen war, so wie es ihm gerade paßte. Die Mattscheibe schien vor lauter Menschen zu bersten, vor so viel Olé-Rufen und greifbarer Erregung in der Menge.

Wie sehr ich mich auch anstrengte (das heißt, meinen Kopf, ich war es nämlich müde, an die Decke zu starren und die Pünktchen im Rauhputz zu zählen), mir fiel kein anderes Spiel ein, als gelangweilt unter den verschwommenen Flecken die Gesichter von Esther und Papa zu suchen. Aber woher sollte man wissen, ob sie es wirklich waren? Wir hatten einen Schwarzweißfernseher, und nicht nur Esther und Papa trugen einen Hut, sondern alle Köpfe sahen gleich aus. Ich las wieder und wieder die Werbung an den Banden und hätte alles andere lieber getan, als hier vor dem Bildschirm zu hocken.

Aber wir blieben vor dem Fernseher sitzen, meine beiden Schwestern, die sich ebenso langweilten wie ich, und Juanita, die glaube ich noch sehr jung war, blaß und dürr wie eine Eidechse. Sie hatte gerade erst die Fortbildungsschule für Dienstmädchen absolviert, die es im Opus Dei gab. Sie war (ich finde wirklich kein anderes, rücksichtsvolleres Wort, um sie zu beschreiben) ein richtiger Esel, die arme Juanita. Sie konnte nicht kochen (in der Fortbildungsschule hatte man sie davon überzeugt, daß sich das, was sie bei sich zu Hause tat, nicht »kochen« nennen durfte), sie konnte auch nicht fegen – das behauptete sie zumindest, denn sie wollte den Staubsauger auch für den Garten und die Terrasse benützen –, und ihr ganzer Charakter kam in einer merkwürdigen Leidenschaft zum Ausdruck: sie begeisterte sich für den Mixer, den sie nur zum Spiel, ohne etwas darin, anstellte. Der Mixer thronte mit geschlossenem Gummideckel auf dem Tisch, und sie stellte ihn immer eine Stufe höher, um ihn »singen« zu hören, wie Juanita mir selbst gesagt hatte.

Juanita konzentrierte sich dagegen schon auf den Stierkampf. Male, Jose und ich – ich weiß nicht, wer von uns drei damit angefangen hatte – hangelten uns die Silbenleiter hoch, um wie beschwingte Seiltänzer der Langeweile zu entkommen:

– *Tequila*
– *Laden*
– *Denker*
– *Kerbe*
– *Besen*
– *Sense*
– *Sesam*
– *Samba*
– *Banane*

Die letzte Silbe eines Wortes mußte die erste des nächsten sein und durfte in dem Spiel nicht wiederholt werden. Ich war gerade mit einem Wort dran, das mit *Dro* beginnen mußte (und das wohl *Dromedar* sein würde), als ich sah, wie Juanita, ohne es zu merken, sich mit der Hand auf ihre Sticknadel stützte – denn das Sticken hatten sie ihr in der »Fortbildungsschule« aus Versehen nicht ausgetrieben, weder dic Geschicklichkeit noch die Leidenschaft dafür. Ich sah deutlich, wie die Nadel in die Haut eindrang und Juanita, den Blick auf den Bildschirm geheftet, ihr Gewicht immer weiter auf die Hand verlagerte, so daß die Nadel noch tiefer eindrang …

»Du bist dran!«

»Du bist dran!«

»Du hast verloren, wenn du nicht antwortest!«

Ich zeigte auf Juanita und brachte nur hervor: »Heb die Hand hoch!«, während vor meinen Augen und denen meiner Schwestern die Nadel langsam, unerbittlich weiter eindrang, bis sie wieder an der anderen Seite der unbefleckten Hand herauskam, ohne einen einzigen Tropfen Blut. Male nahm Juanitas Hand: wie eine hölzerne, mit Gips überzogene Hand einer durchbohrten Heiligen, eine Nadel, die in körperloses Fleisch stach, das Ergebnis von Enthaltsamkeit, Fasten und Silizium.

Wir rannten zum Telefon, um die Großmutter anzurufen, aber wir verwählten uns und riefen die 16 17 50 an. Ein Mann war am Apparat und drohte gleich, ich solle ja aufpassen. Seine Stimme war düster, und ich stellte ihn mir dick, schwerfällig und zweifellos traurig vor. »Entschuldigung.« Dann begann wieder der Streit mit meinen Schwestern, ob wir die Nummer in den weißen oder den gelben Seiten suchen mußten. Zunächst sahen wir sorgfältig diese hauchdünnen, unmöglichen Blätter durch, auf denen es nur so von Buchstaben wimmelte: eine verschlüsselte Sprache, über die wir drei wild diskutierten, ohne die geringste Ahnung zu haben, was sie bedeutete, bis wir schließlich erhitzt die unzugänglichen Seiten zerknitterten und zerrissen.

Juanita war uns gefolgt. Vor unseren Augen packte sie mit den Zähnen das Nadelöhr und zog die Nadel heraus, ohne irgendwelche Spuren zu hinterlassen, als hätte sie nicht durch Fleisch, sondern durch Stoff gestochen.

Ich könnte schwören, wir drei sahen uns mit demselben Blick an, ohne zu zwinkern, wie Zeugen des Unbegreiflichen.

Als Papa, Esther und Don Pedro zurückkamen, waren wir gerade in der Badewanne (Male und Jose wuschen und frisierten mich gleichzeitig, wobei sie versuchten, mir ein paar lange, rosafarbene Lockenwickler ins nasse Haar zu stecken, die Papa Esther aus den Vereinigten Staaten mitgebracht hatte – das Neue daran war, daß man sie nicht mehr mit Haarspangen zu befestigen brauchte, denn sie hatten Noppen, ebenfalls aus Plastik und in derselben Farbe, die das Haar aufgewickelt zusammenhielten). Juanita hörte unterdessen hingerissen ihr Lieblingskonzert: die Suite für Mixer und Holztisch. Wir hatten eine solche Überschwemmung veranstaltet, daß Juanitas Schuhe schon beinahe naß wurden, ohne daß sie etwas merkte.

Am nächsten Morgen steckte Esther Juanita in den Bus zurück nach Michoacán, in dieselbe Fortbildungsschule, in der sie bestimmt noch mehr Kurse nehmen würde, in denen man ihr beibrachte, nichts zu tun und alles zu verachten, was nicht ihrer perfekteren Welt entsprach.

VIII

Der Wahlspruch meiner Schule war *serviam* (unsere Hymne lautete: *serviam, forever serviam, though life may lead us far away*). Bis zum Überdruß prägte man uns immer wieder ein, daß *serviam* soviel wie dienen hieß, sich der Seligkeit und Gottesfürchtigkeit zu widmen und dem Nächsten zu helfen.

Das Wort tauchte im unteren Teil des Schulwappens auf und begleitete uns so tagtäglich auf unseren weißen Blusen und grauen Pullovern der Schuluniform. Es war in Grün und Gold dick und wulstig aufgestickt wie ein zweites Herz von unerschütterlicher Güte. Auf Esthers Vorschlag wurde in der Schule ein Malwettbewerb veranstaltet, bei dem man ein Bild zum Thema des Schulwahlspruchs einreichen sollte.

Das war nicht das erste Mal, daß Esther sich in Schulangelegenheiten einmischte, und dieses Mal war sie, wie sonst auch, aus Empörung eingeschritten. Denn die Nonnen, die Mothers, die Sisters oder die Madres (das hing ganz davon ab, von wem die Rede war) hatten der Lehrerin der fünften Klasse (in der ich war) erlaubt, einen Puppenwettbewerb auszurufen. Das Mädchen mit der schönsten Puppe sollte gewinnen. Esther regte sich ungeheuer darüber auf. Wozu sollte man etwas prämieren, was nicht das Werk der Mädchen selbst war, sondern in irgendeinem Laden erstanden werden konnte? Alle Mädchen (mit Ausnahme von uns, denn aus Protest hatte Esther uns mit leeren Händen hingeschickt) kamen mit nagelneuen Puppen an, um zu wetteifern, welche die teuerste war, die noch niemand je zuvor gesehen hatte, die in dem portugiesischen Kostüm, die aus einem fernen Land, die mit dem Designer-Kleid.

Die Puppen defilierten an den Lehrerinnen vorbei, die sich zu Jurymitgliedern ernannt hatten. Sie posierten in den Händen ihrer Besitzerinnen, die niemals mit ihnen gespielt hatten, ihnen nie die Kleider gewechselt, sie nie in den Schlaf gewiegt, nie selbst gekämmt hatten, damit sie ihre Chance auf den Sieg nicht verspielten.

Aus Protest schlug Esther einen Wettbewerb vor, bei dem die Fähigkeiten der Mädchen eine Rolle spielten und nicht »das Geld oder die Reisen ihrer Eltern«. Sie sprach mit Madre Gabriela (als Kubanerin war sie keine Mother, und wegen ihrer Energie und Intelligenz war sie keine Nonne) und überzeugte sie von ihrem Standpunkt. »Sensibilität«, »Intelligenz«, »Arbeit, der Wert der Arbeit«, was für Argumente führte sie noch an? Diese Worte hörte ich, während sie sich auf der sonnigen Terrasse unterhielten, und Esther gab Madre Gabriela eine Zeichnung, die sie ihr als Geschenk mitgebracht hatte, weil sie sie sehr gerne mochte. Wer weiß, wie oft sie sich schon unterhalten hatten, ohne daß ich Zeuge gewesen war, aber jedenfalls mochten sie sich sehr gerne.

Die bildliche Umsetzung von *serviam* öffnete uns – meinen Schwestern und mir – für einen einzigen Nachmittag Esthers Atelier.

Es war ein riesiger Raum. Beim Eintreten fiel einem als erstes die Helligkeit auf. Hinten befand sich ein gewaltiges Fenster, an der Decke waren zwei Dachfenster angebracht, und auch an den anderen drei Wänden gab es Fenster, außerdem war da noch ein langer, hoher Spiegel, in dem sich zwei übereinanderstehende Menschen hätten spiegeln können: er war so hoch, daß er fast an die Decke stieß. Das Zimmer war somit ein Springbrunnen aus Licht, das ich (jetzt, da ich mich daran erinnere) als *wissenschaftlich* bezeichnen würde, ein Licht, das alles sehen zu können schien. In dem Raum roch es nach den Zweigen des Eukalyptusbaums, ihr unsichtbarer Geruch zierte den offenen Raum des Zimmers, den endlosen Himmel, dessen Blau sich im Atelier mit der Atmosphäre unserer Stadt vermischte und die Sicht auf Vulkane und Berge freigab.

Noch nie hatten wir das Atelier betreten. Ich schaute es mir mit der gleichen Empfindung an, mit der ich später im Schullabor das Herz des Frosches anschauen sollte, dessen betäubter Körper lebend geöffnet worden war. Ich wußte, daß das Herz existierte, es aber wirklich vor mir zu sehen, war etwas anderes. Ich wußte, daß das Atelier existierte, es aber wirklich vor mir zu sehen, war etwas anderes. Kein Phantasiebild kam der Wirklichkeit gleich, ich hatte endlos viele Abbildungen des Herzens gesehen (bildliche, plastische), und ich hatte auch Fotos von Esthers Atelier gesehen, von einzelnen Ecken aus Esthers Atelier, die mir nicht die geringste Vorstellung davon gegeben hatten, wie es in Wirklichkeit war.

Damit wir unsere Blicke losrissen, die ihr helles Atelier verschlangen, zog Esther schnell zwei riesige Blätter und Malkästen mit unendlich vielen Farben hervor, damit wir zeichnen konnten, was unserer Meinung nach *serviam* bedeutete.

Meine Schwestern malten mit Farben, von denen sie nicht einmal geträumt hatten, die Häuser rund um die Schule, die Hütten am *Steilufer*, wie die Mothers die Siedlungen der »Neuankömmlinge« in der Stadt nannten (einige von ihnen waren dreimal so alt wie ich, als sie ankamen und Eingang in das Paradies zu finden versuchten, als das sie sich die Stadt vorstellten), sie malten Mädchen in

Schulkleidern mit riesigem *serviam*-Wappen auf der Brust, die Lutscher verteilten oder Kindern Spritzen gaben oder irgend etwas anderes taten, das ihrem Elend abhelfen oder es lindern sollte (sie schenkten ihnen zum Beispiel Gänschen oder diese kleinen Kuchen, die in Zellophanhüllen verkauft wurden: ein solches Bild wurde beim Wettbewerb eingereicht). Ich dagegen konnte das Licht im Atelier nicht täuschen. Ich malte in Ockertönen sorgfältig ein kleines Kind, das wie ein Baby gebettet lag, jedoch schon älter war. Seinen Körper bedeckte ich über und über mit Nägelchen, mit Nägeln, die in natura klein gewesen wären, jedoch im Maßstab meines Bildes riesige Hakennägel waren, die sich in den regungslosen Körper und in das Gesicht des Kindes gruben, das zwar nicht richtig lächelte, aber beinahe den Eindruck machte. Keine Träne, keine Wunde, kein Anzeichen von Schmerz. Dahinter malte ich ein Bett, einen Teddybär und eine lächelnde Sonne, die am oberen Rand strahlte und beinahe die Flügel von ein paar vorüberziehenden Möwen versengte (oder von etwas, das wie Möwen aussehen sollte).

Darunter schrieb ich NÄGELCHEN. Esther schaute es sich lange an. Sie sagte nichts.

»Das ist nicht über *serviam*«, sagte ich zu ihr.

»Das habe ich schon gemerkt.«

»Ich schenke es dir.«

Sie heftete es mit einem Nagel, der genauso wie die auf der Zeichnung aussah, an die Wand im Atelier und schaute es sich lange an, während ich auf die Schnelle auf ein Blatt, das sie mir gegeben hatte, ein Mädchen malte, das Teller wusch. Das Motto *serviam* war in einer Seifenblase zu lesen, die vor dem Mund des Mädchens schwebte, so daß das Mädchen gerade *serviam* zu sagen schien, während es seinem »christlichen« Werk nachging, eine Zeichnung, die ebenso absurd war wie all die anderen, die bei dem Wettbewerb eingingen. Denn wozu sollte ich überhaupt Teller bei mir zu Hause waschen, wo es doch eine Frau gab, deren Aufgabe das war und die mir nicht erlaubt hätte, sie dabei zu stören, wozu sollte man den Kindern am *Steilufer* »helfen«, für die doch unsere bloße Anwesenheit schon eine Beleidigung war, wozu war dieses *serviam* gut, wozu sollte man »dienen«, wenn wir doch untereinander dafür sorgten, daß das gesamte Land uns diente.

IX

Ich war kein ängstliches Mädchen. Es gibt Kinder, die sich vor allem fürchten, vor jeder Kleinigkeit, zum Beispiel davor, die Beine vom Stuhl baumeln zu lassen, weil sie fürchten, daß jemand daran ziehen könnte, oder es gibt Kinder, die vor den Schatten der Büsche Angst haben, die die Laternen auf die Straße werfen, denn die Büsche sind an sich schon beunruhigend, wie sie in der Dunkelheit ihre Gestalt wechseln, lebendig, wie auch Insekten lebendig sind, oder sogar glänzend wie dunkle Juwelen in der städtischen Nacht, immer bewegen sie sich und erschrecken ... und es gibt Kinder, die schon vor der Dunkelheit selbst Angst haben oder sich vor dem Alleinsein fürchten und nicht allein aufs Klo, nicht allein durch ihr eigenes Haus gehen wollen (ganz zu schweigen davon, allein auf die Straße zu gehen!), Kinder, die im Kino Angst haben, die sich nicht trauen, auf den Jahrmarkt zu gehen, die beim Anblick eines Clowns erschrecken, die an Kinderräuber glauben ... und es gibt auch Kinder, die ängstlich sind, weil man ihnen Angst gemacht hat: mit dem schwarzen Mann, mit dem Teufel, mit dem Vater, mit »du wirst ja sehen, was mit dir geschieht, wenn ...«

Auf mich traf nichts von alldem zu. Ich fürchtete mich nicht vor den Dingen an sich, und niemand jagte mir unvernünftige Ängste ein. Man hatte mir nicht beigebracht, mich vor dem schwarzen Mann, vor Hexen, Gespenstern oder dem Jenseits zu gruseln, sondern mich darüber lustig zu machen. Natürlich gab es da die Hölle, aber darüber sprach man nicht, das war nichts *Wahrscheinliches*, es lag in weiter Ferne, war zu entrückt und eigentlich auch unmöglich. Der Gott meines Hauses war kein furchteinflößender Gott, sondern ein Gott aus anderen Regionen, ich könnte ihn nicht näher benennen oder beschreiben, denn seine Gestalt und sein Territorium verschwammen in meinen Schatten. (Da fällt mir ein Gedicht ein, das ich als kleines Mädchen gelernt habe. Papa gab uns Geld, wenn wir etwas auswendig lernten, einen Peso pro Vers, und eines der Gedichte lautete: »Wegen Gott schließ ich dich nicht ins Herz [ein Peso] und kommt er auch vom Himmel hoch [zwei Pesos] ich fürchte keinen Höllenschmerz [drei Pesos] und ärgere dich doch ...«)

Ich könnte sogar behaupten, daß ich nicht nur kein ängstliches, sondern ein ausgesprochen mutiges Kind war. Nur um Ihnen ein Beispiel zu geben: ich erinnere mich noch an einen Nachmittag, an dem ich allein im Garten war, während meine Schwestern gerade mit Papa ein Modell zusammensetzten (ich glaube, es hieß *the running heart*), das den menschlichen Kreislauf darstellte, mit einer Nachbildung von Herz und Venen. Während sie Röhrchen zusammensteckten und die einzelnen Teile des durchsichtigen Herzens zusammenklebten, ging ich allein hinaus – denn ich hatte noch nie etwas für solche Bastelspiele übrig gehabt, ebensowenig für Geduldsspiele –, um zu sehen, ob ich einen Marienkäfer oder etwas in dieser Art zum Spielen fand. Ich hielt einen Augenblick inne und sah oben auf der Gartenmauer genau neben der Pforte einen senkrechten Schatten, er war wie eine Wand, an der ein anderer Schatten hinauf- und hinabkletterte, klein und formlos. »Das wird wohl eine Katze sein«, dachte ich, »die da herumklettert ... aber wo ist sie?« Ich konnte nicht erkennen, was diesen Schatten warf, was der Sonne den Weg versperrte und die Mauer streifte. Nichts konnte physikalisch gesehen diesen vertikalen Schatten erklären und ebensowenig die mutmaßliche Katze, die (wenn man genau hinsah) ohne Beine, Ohren und Schwanz daran entlanglief. Ich hob und senkte meine Hand, näherte mich der Mauer, entfernte mich wieder und versuchte, meinen Schatten mit diesem beunruhigenden Schatten zu vereinen, um herauszukriegen, woher er kam. Aber es gelang mir nicht. Dieser Schatten wurde von nichts hervorgerufen. Ich hatte keine Angst, denn ich sah, daß er ganz und gar harmlos war. Er war ruhig. Er zuckte nicht, bewegte sich nicht auf mich zu, wollte mir nichts Böses. Es widersprach allen Gesetzen der Vernunft, daß er da war, er durfte eigentlich gar nicht existieren, aber ich ließ ihn in Frieden, da ich dachte, daß er vielleicht ebenfalls das Opfer irgendeiner Verfolgung war, die ihn dazu zwang, sich an eine Mauer zu werfen, die weit weg von ihm war.

Ich setzte mich ruhig davor, um ihn mir anzuschauen. Seine Form beunruhigte mich nicht, sie hatte nichts Obszönes, wie die Form der Flecken auf den Badezimmerfliesen im Haus der Großmutter oder der Flecken, die ich aus der Dunkelheit herauslöste, wenn ich nicht schlafen konnte, obszöne Formen, die wulstig waren und sogar atmeten …

Warum nannte ich diese Formen obszön? Was bedeutete »obszön« für mich? Es hatte rein gar nichts mit Liebe oder mit zwei Körpern zu tun, die sich aneinander erfreuten. Obszön waren für mich die Formen, die sich um die Körper legten und ihre Gestalt verzerrten, die ihnen die Finger zum Greifen, die Lippen zum Küssen, die Brüste zum Streicheln, die Beine oder den Rumpf nahmen und an ihre Stelle nichts als Formen setzten, die einem Angst einjagten oder es zumindest versuchten … Das waren die obszönen Formen, die alles an sich rissen, was meine Augen streiften, wenn Jenes ganz und gar von mir Besitz ergriff. Jetzt sehe ich sie nicht mehr. Wie würden sie mir heute erscheinen? … Sie würden mich zum Lachen bringen. Denn ich bin nicht mehr die, die ich als Kind war. Ich bin zwar noch die, die ich war, ich glaube, ich bin vom Tag meiner Geburt bis heute dieselbe geblieben, aber ich habe nicht dieselben Augen. Ich habe mich selbst der obszönen Aufgabe unterworfen, meine Form zu ändern, habe mich der Fähigkeit beraubt, zu umarmen, habe mir vorgenommen, mir die Formen wegzureißen, die den Körper verhüllen.

Ich habe von der Furcht gesprochen. Ich hatte auch keine Angst, als ich mich wenig später mit dem Kleiderschrank der Großmutter vertraut machte, nicht einmal, als sie außer sich vor mir stand und mich bedrohte. Ach, dieser Kleiderschrank wäre in der Lage gewesen, das Leben eines jeden Hauses zu verändern, und das hätte er bestimmt auch in dem Haus der Großmutter getan, wenn sie ihn nicht wie einen bissigen Hund angekettet hätte, und zwar mit den stärksten Fesseln, die man einem solchen Möbelstück anlegen kann: der Kleiderschrank diente nur zur Zierde, er war vollkommen leer, nur vom Nichts bewohnt, sauber, von erbitterter Sauberkeit, wie alle Dinge in dem Haus im Santa María-Viertel.

Ich lernte die »Gaben« des Kleiderschranks an einem Nachmittag kennen, als ich gelangweilt durchs Haus der Großmutter strich, während sie ein endlos langes Telefongespräch führte. Vor lauter Langeweile bekleckste ich die Tasche meiner Lederjacke mit einem Tintenstift, ohne mir dessen bewußt zu sein, ganz unbeabsichtigt, nur weil ich nicht aufpaßte.

Aber bevor die Großmutter zu Ende telefoniert hatte, sah ich die Bescherung. Ich zog die Jacke aus und kratzte mit den Nägeln an dem Wildleder, um die Flecken herauszureiben, kleine, fette, vollgesogene Tintenkreise wie dunkle Sonnen mit Strahlenkränzen. Ich schaute mir diese Kügelchen mit Beinen an und dachte: »Sie sehen aus wie Spinnen.« Ich faltete die Jacke zusammen und legte sie in den unnützen Kleiderschrank. Zu Hause würde man mich nicht ausschimpfen, Esther würde es vielleicht nicht einmal merken, aber die Großmutter würde ein großes Geschrei darum machen, daß die importierte Jacke verdorben war.

Die Großmutter hängte den Hörer ein. »Jetzt aber schnell.« Ich weiß nicht, was wir vorhatten, ich erinnere mich nicht, wohin sie mich bringen wollte. Bevor sie sich zum Ausgehen fertig machte, wusch sie mir Hände und Gesicht, kämmte mich und sagte, ich solle die Lederjacke anziehen. Ich holte sie zusammengelegt aus dem Schrank und versicherte ihr, daß mir ganz und gar nicht kalt sei, sondern geradezu heiß. »Zieh sie trotzdem an, dann siehst du eleganter aus.« Vor ihren Augen zog ich sie an, während sie die Jacke in hohen Tönen lobte, weil sie aus Spanien kam: »Nichts geht doch über Kleidung aus Spanien.« Jeden Augenblick erwartete ich, daß sie die Flecken sah und aufschrie, erwartete das beschämende Schimpfen, als sich plötzlich ihr Gesichtsausdruck veränderte. Sie zog sich hastig, ohne dabei den bestürzten Blick von mir zu lassen, den weißen, kurzärmligen Kittel mit dem Reißverschluß vorne aus, den sie immer trug, wenn sie in ihrem Labor arbeitete und nicht ihre Kleider schmutzig machen wollte (obwohl ich nie einen einzigen Fleck auf ihrem makellos weißen Kittel sah), sie drehte den Kittel wie einen Lappen in der Hand zusammen und begann, mit dem einen Ende auf mich einzuschlagen, kräftig auf mich einzuprügeln, mir Schläge zu versetzen, ohne daß ich begriff, was da vor sich ging … Sie erschreckte mich, doch hatte ich keine Angst vor ihr. Tränen und Schreie entfuhren mir beim Anblick der Großmutter, die ihre Enkelin unablässig mit einem falschen Lappen schlug, kein Wort hervorbrachte und ganz rot angelaufen war, aber nicht vor Zorn … Nicht einen Moment kam mir in den Sinn, daß sie mich schlug, um mich wegen der Flecken zu bestrafen, denn niemand hatte mich jemals wegen etwas geschlagen. Warum ging sie also mit dem Lappenkittel auf mich los und dazu noch mit so viel Kraft und Wut? Sie war außer sich, und außer sich schien auch das Zimmer zu sein, das der Tränenvorhang vor meinen Augen verschleierte, und außer sich war auch mein bestürztes Herz …

Schließlich hörte sie auf, mich zu prügeln, schüttelte wortlos aus dem Lappen, was sie (erfolgreich) auszulöschen oder zu ersticken versucht hatte, und zeigte es mir: das Leben von vier fetten Spinnen, so schwarz, als wären sie mit Tinte vollgesogen. Nachdem sie die Spinnenleichen abgeschüttelt und mit einem feuchten Lappen weggewischt hatte, war meine Jacke völlig sauber, keine Spur blieb zurück, weder von den Spinnen noch von der Tinte.

Von da an hatte ich nicht etwa Angst vor dem Schrank oder davor, die Großmutter wieder in diesem Zustand zu sehen. Gelassen dachte ich statt dessen: »Wozu ist dieses Möbelstück fähig?« und »Wie einfach ist es doch, die Großmutter aus dem Häuschen zu bringen!«

Bin ich nun also ein Angsthase? In vielerlei Hinsicht ja. Ein Beispiel? Ich wäre nicht in der Lage, noch einmal zu erleben, was ich als kleines Mädchen erlebt habe. Meine Erinnerungen flößen mir Angst ein, verraten das heitere Gedächtnis.

Ich habe nicht gelogen, als ich Ihnen versicherte, daß ich mich mit Vergnügen erinnere. So ist es, auch wenn mir meine Erinnerungen einen Schreck einjagen. Ich würde es nicht wagen, wieder Kind zu sein, denn die Ereignisse werden über das Gedächtnis zu gefährlichen Nadeln, die in meine Seele fahren, sie stechen und aus ihr Fetzen toten Fleisches machen würden. Wenn wir leben, dann wird uns kaum bewußt, was wir gerade erleben ... Wiederzuerleben, was uns schon einmal geschehen ist, mit dem klaren, direkten Blick der Erinnerung, das wäre unerträglich. Was mich angeht, ich hätte nicht den Mut dazu.

Nun gut, habe ich dann vor dem Phantasieren Angst? Denn anstatt mich zu erinnern, könnte ich phantasieren, mir Erinnerungen erfinden, Bilder und Vorfälle fälschen. Doch das habe ich nicht getan, alles, was ich Ihnen erzählt habe, war wirklich. Ich habe kein einziges Wort erfunden, ich habe versucht, mich in meiner Darstellung so genau wie möglich an die Tatsachen zu halten. Natürlich hätte ich hier und da treffendere Worte finden können, als die, die ich während des Sprechens aneinandergereiht habe (manche habe ich noch verbessert, andere dafür durchgehen lassen, weil mir keine besseren für meine Geschichte einfallen), aber ich bin niemals von der Wahrheit abgewichen, alles Erzählte ist auch passiert: in meiner Schule, bei mir zu Hause, in der Stadt, in der ich gewohnt habe und von der ich nicht weiß, ob sie noch existiert oder ob sie ihr Erscheinungsbild gänzlich gewandelt und ihr Gesicht, sauber und jung wie das einer biblischen Jungfrau, nun abgelegt hat ...

Außerdem wäre es sinnlos, zu phantasieren. Entweder besiege ich meine Angst (und genieße das Vergnügen) beim Erinnern und beim Formen von Worten, mit denen ich meine Erinnerungen beschreibe – oder ich schweige gleich. Wozu sind denn Phantasien gut, wozu die Hirngespinste, wozu die Lügen? ... Ich sehe keinen Sinn in ihnen, ich würde keinerlei Vergnügen dabei empfinden, und was wäre, wenn ich auch Angst vor dem hätte, was meine

Phantasie erzeugt, wenn ich denn überhaupt Phantasie hätte? Denn in mir ist kein Funken von Phantasie geblieben. Ich bin nur noch ein kleines Bündel Fleisch, dessen Erinnerungen verhindern, daß es verfault und von Würmern und Fliegen zerfressen wird, bis nichts mehr davon übrig ist.

X

Vorhin, bei der Beschreibung meiner Traumwelt, habe ich von *jenem wilden Chaos, das, in der Welt meiner Träume wütet*, gesprochen. Warum habe ich das Wort *wild* benutzt? Ich hätte *übersprudelnd*, *gewaltsam* oder *traurig* sagen können, aber diese Definition meiner chaotischen Traumwelt wäre ungenau gewesen. Das Wort wild schien dagegen in seinen beiden Bedeutungen, die ich als Kind kannte, haargenau zu passen: wild waren die Bewohner ferner Landstriche, die so ganz anders als wir lebten (wie auch meine Träume, die von Jagden, Beerdigungen und unbekleideten Menschen bevölkert waren, die im Urwald oder in Wüsten umherliefen, sowie von Häusern, die nichts mit unseren Häusern gemein hatten, und voll von unmenschlichen Ritualen), und wild war auch das Gewaltsame, Zerstörerische, das alles vernichten konnte.

Natürlich träumte ich nicht immer das gleiche. Das wilde Chaos meiner Träume entfaltete sich in den verschiedenartigsten Handlungen und Situationen. Hier ein Beispiel:

Ich ging mutterseelenallein durch einen Park mit breiten, ungepflasterten Gehwegen. Obwohl dort viele Bäume waren, konnte ich den hellen, blauen, strahlenden Himmel sehen, ein Feuerwerk von Licht. Niemand schien sich darüber zu wundern, daß da ein schutzloses Mädchen in weißem Kleidchen ganz allein herumspazierte, nicht einmal ich wunderte mich darüber. Vor einem Bauchladen mit

Süßigkeiten, den mir ein Herr mit Hut entgegenstreckte, holte ich eine Kupfermünze aus der Kleidtasche und kaufte mir eine Honigkugel. Als ich gerade meinen Mund in die hohle, mit Karamel überzogene Kugel mit Nougatmasse tauchte, brach plötzlich jäh die Nacht über den Park herein. Auch wenn ihn hohe Laternen wie kleine Sonnen beleuchteten, von unsichtbarer Hand angezündet, schwebte bereits drohend eine tiefe Dunkelheit über ihm. Die Karamelkugel war steinhart, es gelang mir nicht, auch nur daran zu nagen. Schon allein vom Zubeißen taten mir die Zähne weh, aber unbeirrt biß ich dennoch in die Kugel. Unterdessen ging ich weiter und stieß auf einen Springbrunnen mit einer hohen Fontäne in der Mitte. Er war rund und aus Vulkangestein. Der Strahl in der Mitte stieg hoch und weiß wie aufbegehrendes Wasser empor. Dann fing es heftig zu regnen an. Die Fontäne sprudelte seelenruhig weiter, während sich der Regen in trüben, grauen Pfützen sammelte und den ganzen Park verdunkelte. Durch den Regen zerfloß sogar meine Kugel, so sehr ich sie auch festzuhalten versuchte: zuerst machte er eine zähe Masse daraus, dann riß er sie ganz mit sich zur Erde. Der Mann mit dem Bauchladen kam im Laufschritt vorbei. Bloß trug er jetzt keine Süßigkeiten mehr, sondern *das Nägelchen*, jenes mit Wunden bedeckte Mädchen, das ich für Esther gemalt hatte.

Auf dem holprigen Erdboden bildeten sich Seen, in denen man sich nicht nur Schuhe, sondern auch Strümpfe naß gemacht hätte, und aus jedem von ihnen schoß nach und nach so eine Fontäne hoch wie aus dem großen Brunnen, bloß proportional zur Größe der Pfütze. So stark war der Regen, daß der Springbrunnen überlief und sich das Wasser auf die Erde ergoß, es bildeten sich immer mehr Pfützen, in Form und Mechanismus allesamt kleine Repliken des Springbrunnens, winzige Brünnlein ohne Steinrand. In jedem dieser Brunnen spiegelten sich die Lampen des Parks wider, und es waren so viele, daß der Boden selbst erleuchtet und übersät von Riesensternen zu sein schien. Ich hatte das Gefühl, daß ich nirgendwohin treten konnte, daß der Boden der Himmel war und am grauen Himmel des Unwetters nie mehr das Sonnenlicht erstrahlen würde, um mir den Weg zu leuchten, damit ich nicht in den Abgrund der Nacht fiel.

Eine der kleinen Fontänen schoß empor und machte mir Rock und Unterhose naß. Ich spürte, daß es mit Absicht geschehen war. Ich stampfte mit dem Fuß darauf, um sie zum Schweigen zu bringen.

Dann ließ der Regen nach. Die Bodenfontänen erstarben und wurden wieder zu stillen Pfützen, und auch der riesige Parkspringbrunnen versiegte langsam. Ich ging zu ihm hinüber: bunte Salamander liefen darin umher und sprachen Worte, die ich nicht verstand. Schließlich sprangen sie aus dem Wasser, breiteten ihre Flügel aus und verloren sich im dunklen Himmel, der sie verschlang und den Park im tiefsten Schweigen zurückließ. Jetzt war kein einziger Spaziergänger oder Verkäufer mehr zu sehen, man hörte nicht einmal mehr das Plätschern des Wassers, das Rauschen der Blätter oder das Geraschel der Ratten, die unsichtbar hin und her huschten. Auch ich selbst – das spürte ich ganz deutlich – verging nach und nach und ließ mich von der Dunkelheit verschlucken. Als letztes blieben nur die Augen von mir übrig: ich sah noch wie der Park erlosch und sich – ich weiß nicht genau, vielleicht ist es ja wirklich so gewesen – mit mir zusammen aus dem Traum zurückzog.

Warum erzähle ich Ihnen einen Traum? Es ist gar nicht gut, den Faden meiner Erzählung zu verlieren. Doch ich habe das Wort *Traum* im Vorbeigehen aufgegriffen, weil ich Ihnen jetzt erzählen möchte, wie es dazu kam, daß ich eines

Tages zu träumen aufhörte: auf einmal war ich für immer traumlos geworden.

Kürzlich waren mir die weißen Wundersteinchen aus dem Blumenbeet der Nachbarn ausgegangen, und kürzlich waren vier fette Spinnen an meiner Jacke heruntergeklettert, auf die ich sie gemalt hatte, nur weil ich mich einen Augenblick in einem leeren Schrank aufgehalten hatte. Auf der Suche nach einem vernünftigen Ausweg aus meiner Angst beschloß ich eines Nachts, den Kleiderschrank um Steinchen zu bitten. Ich schlief beruhigt ein, während ich mir vorstellte, wie ich sie anmalen würden, damit sie den richtigen ähnelten. Ich rief mir ins Gedächtnis, wie sie ausgesehen hatten, versuchte mich daran zu erinnern, an welcher Stelle ihrer Miniaturlandschaft sie das Licht reflektierten, so wie es mir der Zeichenlehrer empfohlen hatte (ein Glatzkopf, der manchmal eine Brille aufsetzte, meiner Ansicht nach zu dem einzigen Zweck, mich zu fragen, ob ich Esthers Tochter sei, denn dann konnte er mich durch die Brille ungläubig und entzückt mit seinen großen Glupschaugen anglotzen, wenn ich ihm antwortete, ja, ja, ja). Am nächsten Tag (ich hatte keine Schule, oder es war Wochenende, ein Feiertag oder Ferienzeit, ich erinnere mich nicht genau – je mehr ich mein Gedächtnis bemühe und ihm etwas zu entreißen suche, desto weniger kann ich ihm entlocken –) bat ich darum, die Oma besuchen zu dürfen. Und ohne von ihrer Seite zu weichen, setzte ich mich hin und begann zu malen, und Großmutter sagte unaufhörlich »genauso wie deine Mama«, ohne auch nur im geringsten darauf zu achten, was ich malte; eigentlich achtete sie nicht einmal auf mich, denn sie hatte alle Hände voll in ihrem Labor zu tun (das sich *Velásquez Canseco Laboratorien* nannte, darin verarbeitete sie natürliche Rohstoffe für Parfümerieartikel). Zuerst zeichnete ich ein einsames Steinchen, das ich dann weiß ausmalte, das Blatt blieb dabei so gut wie leer. Dann malte ich einen Haufen, eine kleine Pyramide weißer Steine. Ich nahm das Blatt mit zum Kleiderschrank, setzte mich mit ihm zwischen die eisigen, übertrieben sauberen Intarsienflügel und wartete. Wie ich da so im Schrank saß, dachte ich daran, wie früher im Haus der Großmutter ein Kindermädchen auf mich aufgepaßt hatte, als Esther einmal an den Augen operiert werden mußte, weil sie, wie es hieß, »schlecht« sah ... Damals kam pfeifend Onkel Gustavo vorbei, mein heißgeliebter Onkel Gustavo, Esthers jüngerer Bruder, und hockte sich neben mich, um mir übers Haar zu streichen: »wie eine Kokosnuß« sagte er über meinen Kopf, sein üblicher Scherz. Aber ich konnte nicht wie sonst mit ihm lachen, mir tat irgendwie der Magen weh wie bei echten Bauchschmerzen. Gustavo hatte noch feuchte Pomade im frisch gekämmten Haar, er stand auf und ging, ohne sich zu verabschieden – in allem war er so zerstreut wie ich –, wobei er eine Duftwasserwolke hinter sich herzog. Ich hörte, wie er mit seinen schnellen Schritten das Haus durchquerte und die Holztür zur Straße hinter sich schloß. Gleich darauf sperrte er sie wieder auf und rief von draußen herein: »Ich bin schon weg, Mama.« Dann schlug er die Tür wieder zu. Ich griff in den Schrank und zog die sauberen weißen Steinchen und das saubere weiße Blatt heraus, auf dem kein einziger Strich mehr zu sehen war. Ich rollte es zusammen und steckte alles in meine Kleidtasche.

Zu Hause inspizierte ich alles eingehend: auf dem Blatt verriet tatsächlich keine Spur mehr, daß es einmal bemalt gewesen war. Die Steine sahen genauso wie die von damals aus, als hätte der Schrank die Absicht meiner Bilder erraten und über meine ungeschickte Zeichnung hinweggesehen. Ich war dankbar für seine Hochherzigkeit. Nur der größere Stein, den ich abseits von den anderen aufs Blatt gemalt hatte, war trüber, ließ kein Licht durch und war zweifellos zu weiß. Ich führte das darauf zurück, daß der Schrank damit, wie ich, einen erste Versuch unternommen hatte, und verstaute ihn in der Schublade, in der ich Radiergummis, Spitzer, gepreßte Blätter und leere Gelatinepackungen aufbewahrte, Schätze, die mir viel bedeuteten, die ich aber anderen niemals vorzuführen gewagt hätte, natürlich abgesehen von meinen Schwestern.

Vor dem Einschlafen, nachdem das Licht im Zimmer ausgeknipst worden war und mich alle bereits im Schlaf wähnten, legte ich die kleineren Steinchen um das Bett herum. Tatsächlich schlief ich ruhig ein, nicht einmal auf die gewöhnlichen Geräusche zu dieser Stunde achtete ich. Kurz darauf weckten mich die Schritte, die gleichen Geräusche wie immer. Sie erschreckten mich mehr denn je, zum einen, weil ich fest daran geglaubt hatte, daß die weißen Steinchen mich beschützen und sie von mir fernhalten würden – keinen Moment nahm ich an, daß sie ganz und gar verschwinden würden –, und zum anderen, weil ich spürte, daß ich *nicht geschlafen hatte*: ich hatte nichts geträumt, rein gar nichts. Vom Schließen der Augen zum erneuten Öffnen hatte sich nichts vor ihnen abgespielt: der Film meiner Träume war gelöscht worden.

Seitdem habe ich nie wieder geträumt. Nach wie vor suchten mich die Schritte heim, ich weiß nicht, ob sie nun lauter klangen, ihr Ziel jedenfalls war verletzlicher und deutlicher geworden: nicht einmal im Schlaf konnte ich mehr entkommen. Wer hatte die Tür geschlossen? Damals begriff ich, daß die Dinge nicht immer sind, was sie scheinen, daß es einfach sein mag, das Äußere nachzubilden, aber unmöglich, es in seiner ganzen Substanz zurückzuerlangen.

Nie wieder legte ich die Steinchen um mein Bett. Abergläubisch sammelte ich sie am nächsten Morgen auf und entledigte mich jedes einzelnen an einem anderen Ort, von dem sie, wie ich glaubte, nicht mehr den Weg zu mir zurück finden würden. »Die Dinge sind nicht immer, was sie scheinen.« Nicht immer. Sie werden verstehen, daß ich auch nie wieder den Schrank benützte: wenn sich die Dinge schon in ihrer eigenen Gestalt auflehnten und die Feinde in ihnen (wenn es so etwas gab) Stützpunkte fanden, um Mut zu fassen, Standorte für das, was ich Verfolgung zu nennen begann, was war dann mit den Dingen, die ich selbst ins Leben rief? Stellen Sie sich nur vor! Ich wäre schon längst ohne Träume gewesen, nackt und schutzlos den Nächten ausgeliefert, ohne eine andere Decke als meine eigene Furcht. Wozu wären andere Gegenstände in der Lage? Ich meine Dinge, die von mir hervorgerufen worden wären, die mein Willen aus dem Nichts gezaubert hätte, das sie umfaßte.

Da ich die einzige war, die zufällig die Kräfte des herrlichen Kleiderschranks mit dem Schnitzwerk entdeckt hatte, behielt ich sein Geheimnis für mich.

Das fiel mir nicht schwer.

XI

»Male! Jose!« Ich rannte ins Haus und rief nach ihnen: »Male! Jose!« »Komisch«, dachte ich, »komisch, daß sie mich nicht rufen hören.« Sie waren sonst immer so aufmerksam und zärtlich mir gegenüber! »Male! Jose!« Ich fragte Inés nach ihnen, und zur Abwechslung zuckte sie nur mit den Schultern. Ich fragte Salustia nach ihnen. Sie hob das Bügeleisen, befeuchtete es mit dem naßen Finger und übertönte mit ihrer Antwort das Zischen als das Eisen mit dem Wasser in Berührung kam: »Sie sind in ihrem Zimmer.«

Ich lief dorthin. Ich erinnere mich nicht mehr, was ich ihnen zeigen oder erzählen wollte, aber ich hörte nicht auf, nach ihnen zu rufen. »Male! Jose!« Hörten sie mich denn nicht? Ich kam zu ihrer Zimmertür: sie war verschlossen. Ich versuchte, am Türgriff zu drehen, aber sie hatten von innen den Knopf gedrückt und sie so verriegelt (das war eigentlich verboten: niemand verriegelte im Haus die Türen). Ich klopfte mit der geschlossenen Faust an die Tür. »Heda«, antworteten die beiden im Chor, mir schien mit veränderten Stimmen. Was hieß da *heda*? Noch nie hatten sie in diesem Ton mit mir gesprochen.

Heda, sagten sie, aber sie öffneten mir nicht die Tür. Ich begann, im Kreis auf einem Bein zu hüpfen, darüber vergaß ich sogar, warum ich hier war, doch dann erinnerte mich die geschlossene Tür wieder daran, ich klopfte erneut, aber sie antworteten nicht einmal. Ich setzte mich auf die Holztruhe, die schon immer neben ihrem Zimmer gestanden hatte. Von ferne hörte ich sie flüstern, hörte, wie sie Worte sagten, die ich nicht verstehen konnte, die sich zum ersten Mal meinen Ohren entzogen. Sie redeten und redeten, lachten, gingen von einem Ende des Zimmers zum anderen, aber vor allen Dingen taten sie demonstrativ eines nicht: mir zu öffnen.

Mißmutig hob ich den Deckel der Truhe. In ihr waren beschriebene und bemalte Notizbücher, voll von Esthers sanfter Handschrift und den Zeichungen und Farben, die für sie so typisch waren. Auf einer fast weißen Seite schwebte in der Mitte ein Nägelchen (wie jenes, das ich gemalt hatte), ohne Kommentar. Ich legte die Bücher wieder weg, nachdem ich ein paar Zeilen gelesen hatte, die ich nicht verstand. Ich räumte sie ordentlich auf und schloß die Truhe. Dann (erst dann!) öffneten meine Schwestern schweigend die Tür und sahen mich aus einem Zimmer heraus an, das ich nicht wiedererkannte. Sie bildeten nun einen neuen verschworenen Zweierbund, aus dem ich ausgeschlossen war, in dem ich keine Rolle mehr spielte. Auf dem Bett lag ein Gegenstand (unüberwindlicher als ein Türriegel, stärker als jede Kette, höher als die höchste Mauer), der zwischen mich und meine Schwestern getreten war: da thronte ein weißes, säuberlich ausgebreitetes Ding auf der Steppdecke, und es hätten nur noch Kerzen gefehlt, um die glühende Verehrung zu unterstreichen, die meine Schwestern dafür empfanden. Ich sagte zu ihnen (wozu noch, nur aus reiner Unbeholfenheit): »Was ist denn los? Warum habt ihr mir nicht geöffnet?« Da kicherten sie in sich hinein und tauschten Blicke, ohne mir auch nur die geringste Beachtung zu schenken. Ich schaute mir wieder den weißen Eindringling auf dem Bett an, bemerkte die metallenen Ösen und die Träger. »Was ist das?« fragte ich. Sie behandelten mich weiterhin wie Luft, das heißt (warum lüge ich denn, in Wirklichkeit war es ja anders), sie äfften mich nach und machten sich über meine plumpe Frage lustig. Ich griff nach dem weißen Feind. »Finger weg!« »Das ist nichts für kleine Mädchen, das ist was für junge Damen.« Ich schaute ihn mir näher an: ja, jetzt erkannte ich es, es war ein Büstenhalter, wie Esther ihn benutzte, ich hatte ihn schon einmal im Wäschezimmer gesehen. Aber was machte man damit?

Das war das Ende unserer gemeinsamen Nachmittage, und ich begriff nicht einmal, warum. Ein paar Tage später kam ich eines Abends wie gewöhnlich in ihr Zimmer. Male zog sich gerade, ohne mich zu bemerken, einen Nylonstrumpf an, streichelte ihr Bein, berührte es wie eine Heiligenfigur und spielte, daß sogar ihre Beine schon die einer jungen Dame wären. Auf einmal sah sie, wie ich sie beobachtete: »Was hast du da zu suchen? Raus mit dir, und klopf gefälligst an, wenn du reinwillst.« Ich machte auf dem Absatz kehrt und rannte auf mein Zimmer, um ein paar Tränen in mein Kopfkissen zu verschütten, die zwar heiß sein mochten (nur bei dieser Temperatur können Tränen keimen), jedoch im Verhältnis zu meinem Kummer eiskalt waren. Ich weinte wegen der mangelnden Aufmerksamkeit meiner beiden Schutzfeen, die bisher immer an der Schwelle jener Person, die ich war, gewacht und verhindert hatten, daß Ungetüme von außen eindrangen. Doch ich wußte nicht, daß ich in Wirklichkeit den *Verlust* der Mädchen beweinte, die meine Schwestern gewesen waren.

Ein paar Tage später fuhren wir mit den Führerinnen, dem weiblichen Gegenbild zu den Pfadfindern, in ein Ferienlager, das ein Herr mit Namen Baden Powell gegründet hatte, in meinen Mädchenaugen ein Held wie Chabelo, der sich wie ein kleiner Junge anzog (in den Handbüchern der Vereinigung war er mit Kniehosen, einem Halstuch und einem albernen Hut abgebildet: in ähnlicher Tracht wie die kleinen *Scouts*). Auf ihn ging der Wagemut zurück, der uns während der Nächte im Zeltlager entflammte, in denen wir unter freiem Himmel schliefen und über Bord warfen, was man uns in der Kindheit immer eingeprägt und gepredigt hatte: vom Zähneputzen und Waschen, bis zum Gehorsam gegenüber den Eltern, bei denen man sich (und dazu noch gerade) auf unbequeme Stühle setzen und in unbequeme Laken legen mußte … Wir ließen unseren Körpern draußen freien Lauf und unsere Augen wild umherschweifen. Nach Meinung unserer Gruppenleiter bewegten wir uns zwar im Rahmen einer erzieherischen Disziplin, doch zum Glück spürten wir nichts davon.

Diesmal schlugen wir kein Zeltlager auf, sondern kampierten in einem Bauernhof. Man brachte uns in leeren, hellen Scheunen unter. Meine Schwestern wollten nichts mit mir zu tun haben, ich blieb allein zurück und sah, wie sie in die Nachbarscheune gingen, die mit unserer durch eine enge Tür verbunden waren. Ich breitete die trockenen Tannenzweige aus, die ich draußen gesammelt hatte, um weicher zu schlafen, und legte den Schlafsack darauf, ganz verloren auf dem weiten Betonboden. Ich stellte den marineblauen Rucksack ans Kopfende, und als ich ängstlich aufblickte, in einer kindlichen Verzweiflung, die nun endgültig Besitz von mir zu ergreifen schien, da merkte ich, daß ich auf einmal von einer Unmenge von Schlafsäcken umgeben war, kein Fleckchen Betonboden war mehr frei, überall waren Mädchen und Rücksäcke in ordentlichen Reihen, zwischen denen hier und da verstreute Haufen von Tannenzweigen lagen, die von den älteren Mädchen weggekehrt wurden.

In der Nacht machten sich die meisten Mädchen im Schein der Taschenlampen über Susana Campuzanos *Baby-doll* lustig (ein ganz kurzes Nachthemd mit passender Hose aus demselben Stoff). Sie hatte ihr Lager rechts von mir aufgeschlagen. Gerade hatte sie ihren sensationellen Auftritt in der Scheune und bahnte sich stolpernd einen Weg durch die Schlafsackreihen. Sie war im Übergangsalter meiner Schwestern und hatte sich aus Schüchternheit lieber draußen in der Dunkelheit umgezogen, damit niemand dabei zusehen konnte. Wir normalen Sterblichen führten das Kunststück vor, uns zur gleichen Zeit das eine Kleidungsstück aus- und das andere anzuziehen, denn unsere Körper waren heilige Stätten, die niemand sehen durfte … Und dann kam sie in die Scheune, mit ihrem lachhaften, winzigen Fetzen von Nachthemd am Leib, das auch noch fast durchsichtig war, und hüpfte kokett umher und stieß kurze, spitze Schreie aus, die nicht auffallen und Zeichen von Schüchternheit sein sollten, während sie in Wirklichkeit fortlaufend nach Aufmerksamkeit rief, und die Mädchen machten sich über ihren Frauenkörper, der sich bereits ankündigte, lustig.

Als sie an mir vorbeikam, stieß sie schon keine Schreie mehr aus. Sie blieb stehen und heftete ihre traurig-blauen Augen auf mich. Hastig schlüpfte sie in ihren Schlafsack. Ich sah ihr wirres Haar, mit der Wut geschnitten, die manche Frauen an ihrem Haar auslassen, ganz ungleichmäßig, so daß es nicht natürlich fallen konnte, fast wie bei einem Mann, doch immer noch lang genug, daß man seine Kürze bedauerte. Ich empfand Mitleid mit ihr. Dann dachte ich, daß sie wohl wirklich ihren Körper vor den Blicken der anderen hatte verbergen wollen, denn es stimmt, dachte ich, sie schämt sich wegen ihres Körpers, der nicht mehr der eines Mädchens ist, und da bemitleidete ich auch meine Schwestern, bemitleidete Esther und ebenso Papa, denn mir fiel ein, daß nur die Männer in den Krieg ziehen müssen, und ich dachte, »wie verstecken wir ihn bloß, wenn sie ihn holen kommen, um ihn an die Front zu schicken?«

Doch ich verwarf den Gedanken, denn ich sagte mir, »es ist ja gar nicht Krieg«, aber dann dachte ich, »und wenn einer ausbricht?«

Ich schaute wieder zu dem Mädchen an meiner rechten Seite hinüber. Sie drehte sich zu mir um, als sie meinen forschenden Blick spürte:

»Hör mal«, sagte ich zu ihr, wollte nett sein und aufrichtiges Mitgefühl für ihre Lage zeigen, »ich verstehe dich, meinen Schwestern geht es genauso.«

»Was meinst du?« erwiderte sie äußerst unwirsch.

Ich war so klug, nichts mehr zu sagen, denn ich hätte keine Antwort darauf gewußt.

Dann drehte ich mich zur anderen Seite und dachte: »Das wird mir nie passieren, ich werde bleiben, wie ich bin.« Und über diesem Gedanken schlief ich ein, ohne zu wissen, daß mein hochmütiger Wunsch zu meinem Verderben beitragen würde.

XII

Wir saßen gerade beim Frühstück. Ich hörte klar und deutlich, wie etwas in unseren Garten fiel. Laut sagte ich, daß ich etwas hatte herüberfliegen sehen, als hätte es jemand von der Straße hereingeworfen, aber niemand wollte mir glauben. Sie hatten zum Teil recht: ich hatte es nicht fallen sehen, ich hatte es fallen hören, aber so deutlich, daß ich sogar seine Form vor Augen hatte. Ich beendete schnell mein Frühstück, ging allein in den Garten hinaus und gelangte im Laufschritt zu der Ecke, die an das Anrichtezimmer grenzte.

Etwas war zu uns hereingefallen, als hätte es der Zeitungsjunge über den Zaun geworfen. Allerdings hatte ich mich in der Form des gefallenen Gegenstands getäuscht. Ich hatte an etwas Wuchtiges, Schweres gedacht, doch was da im Rasen funkelte, war ein kleiner Gegenstand, flach und leicht.

Er funkelte und war schön anzusehen: ein vergoldeter Plastikrahmen umfaßte die strahlende Küstenlandschaft am Ufer eines Meeres in hellem Stahlblau, er war voll Schnörkel und Rosetten, die Imitation eines Holzrahmens mit Goldüberzug. Im Hintergrund waren Berge zu sehen, und zwischen Bergen und Meer ein kleines Dorf, aber kein amerikanisches, sondern eine europäische Siedlung. Das Bild war auf Glanzpapier gedruckt, ähnlich dem Einwickelpapier der Schokolade, das wir *Goldpapier* nannten. Frauen gingen am Meeresufer spazieren oder saßen müßig auf dem Steg. Niemand arbeitete. Die Fenster der weißen Häuschen waren geöffnet, und in jeder Ecke glänzte es.

Niemand schwamm im Wasser, aber zwei Boote warteten dort auf Passagiere. In einem anderen Boot saß ein weißhaariger Mann ohne Hut und fischte einsam.

Rechts unten in der Ecke war zu lesen: *Razier*. Natürlich hängte ich das Bild in meinem Zimmer auf, neben dem Frisiertisch, rechts vom Spiegel. Wem würde es auffallen? Meine Schwestern nahmen, wie schon gesagt, nicht mehr an meinen Spielen teil, Esther war mit ihren Gedanken ganz woanders, und Papa arbeitete mehr denn je, er hatte inzwischen keine Zeit mehr, mit mir zu spielen. Keiner von ihnen stellte mich wegen des Bildes zur Rede.

»Wo hast du denn das her?« fragte Inés, als sie es sah.

»Ich hab's im Garten gefunden.«

»Das kannst du jemand anderem erzählen.«

»Wirklich«, verteidigte ich mich, »ganz wirklich, es lag einfach so auf der Wiese.«

»Wer wird denn ein so hübsches Bild wegwerfen?«

Sie blieb in seinen Anblick versunken, prüfte es so eingehend wie ich und kam ebenfalls zu dem Schluß, daß es der Mühe wert war, diesen Ort kennenzulernen. Ich fragte sie:

»Würdest du gerne hinfahren?«

Sie antwortete nicht auf meine Frage. Ihre Miene versteinerte sich, sie blickte mich an, ohne mir in die Augen zu sehen und sagte:

»Ich würde nie an einen Ort fahren, der nicht von Gott geschaffen ist.«

Der Englischunterricht in der Schule war bei weitem am unterhaltsamsten. Ohne sich an einen starren Lehrplan zu halten, überstieg unser Englisch das Niveau, das von den Schulbehörden gefordert wurde. Die Lehrerinnen ließen der Phantasie freien Lauf, und so durften wir Hausaufgaben in der Schulbibliothek machen oder mit ihnen ins Museum oder ins Kino gehen. Sie unternahmen mit uns einfach, was ihnen selbst Spaß machte. Da nun die Ferien heranrückten, war Janet auf die Idee gekommen, daß wir im Atlas und in den Lexika der Schule heraussuchen sollten, an welchen Ort wir gerne fahren würden. Wir durften uns ausdenken, was wir wollten. Wir hätten selbst den Mond wählen können, wenn jemand dort gerne seinen Urlaub verbracht hätte. Dann sollten wir auf englisch die Gründe für unsere Wahl erklären und alle Daten aufführen, auf die wir während unserer »Forschungen« gestoßen waren.

Und was glauben Sie, wo ich gerne hinfahren wollte? Natürlich an den Ort, der auf dem Gemälde abgebildet war. Ich suchte ihn im Atlas, auf dem Globus, in einem wunderschönen Band des *National Geographic*, auf einer riesigen Landkarte von Europa, die an einer der Wände in der Bibliothek hing. Nichts. »Vielleicht existiert er gar nicht«, dachte ich. Aber ich konnte nicht glauben, daß es sich um einen Phantasieort handelte. Ich schaute in der *Encyclopaedia Britannica* nach: dort stieß ich auf seinen Namen und seine Geschichte. Ich hatte keine Lust, sie zu lesen, aber was sollte ich dann in meiner Englischhausaufgabe schreiben? Am lästigsten war, daß es auf englisch sein mußte: es war verboten, Sätze wörtlich abzuschreiben, man wurde schwer gerügt, wenn man sich keinen eigenen Text ausdachte, und so hatte ich es mit zweierlei Hürden zu tun. Zuerst mußte ich den Text auf englisch verstehen und ihn dazu in meinem Kopf ins Spanische übersetzen, um dann, ausgehend von meiner Muttersprache, meinen Aufsatz wieder ins Englische zu wenden, obwohl ich mich, ehrlich gesagt, nur ungern vom Spanischen löste.

Ich bat die Bibliotheksnonne um Hilfe. Ihr Name fällt mir nicht ein, ich weiß noch, daß er mir irgendwie zu einer

Elefantenkuh zu passen schien (zumindest hatte ich diesen Eindruck). Sie sprach nicht eine Silbe spanisch. Ich fragte sie: »*Could you help me find this name in la Espasa Calpe?*« Das war ein so gewaltiges Konversationslexikon, daß es nicht genügte, das Alphabet zu können, um auf ein bestimmtes Wort zu stoßen. Die Nonne half mir netterweise bei der Suche. Der Text war äußerst lang. Bevor die Stadt in der Mitte des 10. Jahrhunderts unterging ... Das hieß also, daß sie nicht mehr existierte. Sie war in Schutt und Asche gelegt worden, nach religiösen Kämpfen und nachdem sie schon mehrmals als Ketzernest gestraft worden war.

Am folgenden Tag nahm ich das Bild mit in die Schule und zeigte es Janet. Ich erklärte ihr in meinem unbeholfenen Englisch, daß jemand es zu uns hereingeworfen hatte (ich sagte nicht, daß man es mir zugeworfen hatte, sondern daß es auf unser Grundstück geworfen worden war), und erzählte ihr, daß es ein Ort war, den es nicht mehr gab. »Seltsam«, sagte sie darauf in ihrem Spanisch mit dem fürchterlichen Akzent. Das war alles. Sie trug mir auf, das Bild im Ranzen aufzubewahren, um nicht meine Klassenkameradinnen abzulenken. *Seltsam.* Das hatte ich nun davon, meine Angelegenheiten mit anderen zu besprechen. Ich hatte mir gewünscht, hatte erwartet, daß sie, die offensichtlich immer so herzlich und interessiert an ihren Schülerinnen war, mir dabei half, herauszubekommen, wer dieses Bild bei uns über den Zaun geworfen haben konnte und warum. Es war ein Zeichen. Soviel stand fest: ein belagertes, niedergemachtes und über Nacht angezündetes Dorf, bei dessen Brand der Großteil der Bewohner wie auf einem großen Scheiterhaufen umgekommen war, als einen Ort der Zerstreuung und der Ruhe abzubilden, dazu noch auf fröhlichem Glanzpapier, das konnte nur die Ausgeburt eines bösen Willens sein.

Seit diesem Tag gab ich auch die letzte Gewohnheit auf,

die ich noch mit meinen Schwestern geteilt hatte: den Spaziergang zum Supermarkt am Nachmittag, bei dem wir unterwegs immer geplaudert hatten. Denn nun jagten mir auch die wenigen Leute Angst ein, die zu Fuß durch unser Viertel gingen: die Maurer und Klempner, die Dienstmädchen, die nicht im Haus ihrer Arbeitgeber schliefen. Jemand von ihnen hatte das Bild zu mir herübergeworfen, *zu mir*, als eine Warnung, die ich nicht verstand.

Heute weiß ich, daß alles nur ein Mißverständnis war. Weder das Dorf noch der Name dieses Ortes hatte etwas mit mir zu tun, dafür jedoch das, was ich mit ihm erlebte, als es noch an der Wand neben meinem Frisiertischspiegel lebte.

Gibt es eisige Blicke, die tote Fäden streifen und sie in bloßgelegte Nervenstränge verwandeln, wie es auch Menschen gibt, die nicht erwiderte Leidenschaften auslösen? Denn es könnte der eisige Blick der Englischlehrerin Janet gewesen sein, der das tote Plastik, das tote Silberpapier so zum Leben erweckte, wie ich jetzt gleich berichten werde.

An diesem Morgen kämmte mich Inés, denn Ofelia, das Mädchen, das sich sonst um unsere Kleider und Körperpflege kümmerte, war in ihr Heimatdorf zur Hochzeit ihrer Schwester gefahren. Inés zog an meinen Haaren, als würde ich es nicht spüren, als wäre meine Kopfhaut aus Gummi, rauh oder gefühllos. Sie kämmte mich, und meine beiden Schwestern sprangen um sie herum und erklärten ihr, daß Male ihre Haarschleifen gegen ein paar kleinere, unauffälligere austauschen wollte, eine Erklärung, die für die Katz war, denn Inés achtete überhaupt nicht auf sie. Ich ließ meinen Blick ein wenig nach links wandern, zu der Stelle, an der das beschriebene Bild, das Bild auf dem *Goldpapier* von Razier hing. Etwas Ungewöhnliches nahm mich gefangen, etwas Trübes, ganz anders als das restliche Bild, etwas Trübes, Dunkles, das vorher noch nicht dagewesen war und das wie kleine Spritzer aussah – aber Spritzer von was, von was bloß?

Inés frisierte mich fertig und zog sich ohne ein Wort zurück. Meine Schwestern blieben noch da, aber sie waren nicht wirklich bei mir, denn sie sahen mich nicht, für sie existierte ich nicht mehr.

Ich ging näher ans Bild heran, ja, es war befleckt, aber nur an der Stelle der Frauenröcke, es waren unförmige Flecken, die einander in nichts glichen und völlig willkürlich hingetupft waren, aber doch immer aufs gleiche Kleidungsstück der Frauen. Ich stellte fest, daß bei einer von ihnen der Fleck heller, fast glänzend war, er breitete sich auf ihrem Rock aus, als würde er hinter dem Bild hervorkommen … Ich konnte nicht genauer nachsehen, was da los war, denn man rief nach mir, weil das Auto schon draußen stand, um mich in die Schule zu fahren.

Als ich vom Unterricht zurückkam, hing das Bild nicht mehr an seinem Platz. Ich fand es nirgendwo mehr.

XIII

Die Verfolgung trieb mich immer mehr in die Enge. Sie wandte neue Finten an. Ich merkte, daß ich nicht mehr würde fliehen können. Das spürte ich während der Nächte, wenn ich versuchte, ihnen auszuweichen, und am Tag dachte ich immerzu daran.

Zum Glück ging das Schuljahr zu Ende, und (doppeltes Glück) Esther und Papa beschlossen, ich weiß nicht warum, uns alle drei außerhalb Mexikos in die Ferien zu schicken, jede woandershin, und zwar im Rahmen eines Austauschprogramms einer katholischen Einrichtung.

Ich hatte Quebec erwischt. In dieser Stadt gab es eine Familie mit einer Tochter im gleichen Alter, die dann im nächsten Jahr die Ferien bei uns in Mexiko-Stadt verbringen würde.

Onkel Gustavo brachte mich zum Flughafen und begleitete mich bis zu meinem Platz im Flugzeug. Er war sichtlich bewegt, sein kleines Mädchen allein abreisen zu sehen. Er konnte es sich nicht verkneifen, mich mit guten Ratschlägen zu überhäufen, und außerdem trug er mir auf (und das wiederholte er mehrmals), ihm eine Flasche Chivas Regal mitzubringen.

Wie ich da in meinem Mantel saß, der mich in seiner unbequemen Unförmigkeit wie einen großen Bären aussehen ließ und in dem ich vor Hitze erstickte, war ich doch rundum glücklich. Unter mir waren die Wolken, und mir ging durch den Kopf, daß die, die mir auf den Fersen waren, nun ein paar Monate würden warten oder – im besten aller Fälle – ihre Jagd würden aufgeben müssen.

Über die Reise gibt es sonst eigentlich nicht viel zu berichten. Ich habe mich bemüht, in meiner Erzählung alle Anekdoten auszulassen, die mich nicht direkt dahin geführt haben, wo ich jetzt bin. Schon gar nicht habe ich Ihnen lang und breit meine Vorgeschichte erzählt. All das war nur eine Einführung, eine oberflächliche Darstellung, damit Sie – ebenso wie ich – erfahren, wer ich bin, damit Sie mir beim Zuhören Gesellschaft leisten und mir zu verstehen helfen, daß diese Dunkelheit zwar keine äußeren Grenzen hat, daß es aber vielleicht im Innern der Finsternis Grenzen gibt, durch die sie Gestalt annimmt. Ich zum Beispiel verfüge über eine Gestalt innerhalb des Gestaltlosen – das versuche ich zumindest mit dieser Erzählung zu beweisen. Ich habe viele Jahre, viele Ereignisse ausgelassen, doch ebenso habe ich aus meinem Bericht viele Personen gestrichen, die Teil meiner Welt waren, und habe nur die erwähnt, die dazu beigetragen haben (und zwar alle, auch wenn sie es nicht gewollt haben), daß ich hierhergelangt bin – mit Ausnahme meines geliebten Onkel Gustavo. Ich habe Ihnen nicht mehr von ihm erzählt, weil Sie dann meine Geschichte völlig anders verstanden, ja, in mir eine andere gesehen hätten. Trotzdem konnte ich ihn nicht ganz herauslassen, und so habe ich seinen Namen im Vorbeigehen erwähnt, weil ich ihn aus keiner Erinnerung streichen könnte.

Von Quebec erzähle ich Ihnen nur eine Anekdote, die aus zwei Gründen wichtig ist, die ich im folgenden darlegen will. Aus dem einen entsprang und ergab sich der andere. Ich war bei Freunden von Esther zum Essen eingeladen (oder bei Bekannten, Kollegen, nie wurde mir ganz klar, was für eine Verbindung zwischen ihnen bestand), und dort am Tisch hatte ich auf einmal ganz deutlich das Gefühl, die altbekannten Schritte und Geräusche zu hören, die mich zu Hause immer verfolgten, und zwar hier am hellichten Tag, während wir beim Essen saßen.

Ich bekam solche Angst, daß ich überzeugt war, sie hätten mich aufgespürt und würden mich nun endgültig mitnehmen und nie mehr aus ihren Fängen lassen. Ich konnte nicht weiteressen, ich brachte keinen Bissen mehr hinunter, nicht mal den ersten Bissen, den ich von dem Braten im Mund hatte, der extra mir zu Ehren zubereitet worden war, brachte ich den Hals hinunter.

Die weite Welt schien in sich zusammenzustürzen wie der riesige Wasserfall, an dem wir auf dem Weg zu ihrem Haus vorbeigefahren waren: die Fälle von Montmorency, dieselben, die ich als stumme, einzige Zeugen irrtümlicherweise zum Andenken an die Welt behalten habe, die ich als Kind bewohnte.

Sehen Sie hier:

Ich hatte das Bild aus meinem Reisealbum herausgerissen, um mehr Platz für die Photos meiner Gastfamilie zu haben, und ließ es lose und heimatlos irgendwo herumliegen, so daß es manchmal in einem Heft, manchmal auf dem Schreibtisch, manchmal in einer Mappe auftauchte. Ich weiß nicht, warum ich es in der Hand hielt und nicht losließ, in jener Nacht, als sie mich holen kamen. Hier ist es. Es ist das einzige, von dem ich sicher weiß, daß ich es besessen habe: nichts als ein Wasserfall in der Dunkelheit, an den ich mich so oft erinnert habe, daß er schon fast ganz verblaßt ist. Ich weiß nicht einmal mehr, welche Farbe er hatte, in meinem Gedächtnis ist er schwarzweiß, wie die Photographie, die Sie sehen. Ich weiß auch nicht mehr, wonach es an diesem Ort roch, wie warm es war, ob laut oder still. Nichts. Wasser, Himmel, Bäume, Hochspannungsleitungen oder Telegraphendrähte – vielleicht transportierten sie Stimmen, die ich womöglich rekonstruieren wollte –, ein paar verschwommene Bauten, alles versank gleichermaßen in Sinnlosigkeit. Was war eigentlich das Wasser? War es der brausende, riesige Wasserfall, der Tod an sich, oder war es das ruhige, friedliche Wasser des Sees, heiter und sanft wie eine zärtliche Mutter, nur noch milder, noch lieblicher und zweifellos noch treuer und bestrickender?

Und die Bäume, wie waren die Bäume? Wurden sie sanft von Blättern umspielt, gingen sie schroff in rauhe, spitze und nackte Äste über, oder waren sie aufrechte Tote?

Bei den Winograds zu Hause mußte ich vorgeben, daß ich mich nicht gut fühlte. Ich konnte keinen Bissen mehr hinunterbringen, alles drehte sich vor meinen Augen. Sie legten mich auf das Sofa, während sie in einem *quebecoise* plauderten, an das ich mich bereits gewöhnt hatte und das ich schon brockenweise verstand. Und da begriff ich, daß mich die Schritte nicht verfolgten, nicht mich suchten sie, und nachdem ich regungslos die Ohren gespitzt hatte, wurde mir klar, daß sie der einzigen Tochter des Hauses folgten. Sie hieß Miriam, war sehr viel älter als ich, trällerte gerade in aller Ruhe einen Schlager vor sich hin und sah mich von der Seite an. Ich war doppelt erleichtert, denn zum einen war nicht ich die gesuchte Beute, zum anderen beruhigte mich Miriams Haltung, ganz entspannt fragte sie mich, wobei sie mir einen Wattebausch mit Alkohol unter die Nase hielt, ob ich mich besser fühlte und ob ich nicht *un chocolat, un caramel, quelque chose* wolle …

Sobald ich wieder in Mexiko war, stellte ich fest, wieviel Terrain mir während meiner Reise verlorengegangen war. Vielleicht hätte ich geringere Gebietsverluste hinnehmen müssen, wenn ich nicht weggefahren wäre. Nacht für Nacht spürte ich, wie mir Millimeter für Millimeter entrissen wurde, eine unaufhaltsame Tragödie. Wenn ich schon vor meiner Abreise geglaubt hatte, daß mir nun bald kein Gebiet mehr zum verteidigen bleiben würde, verschränkte ich bei meiner Rückkehr nur noch die Arme vor der Brust und wartete auf ein baldiges Ende. In panischer Angst, versteht sich. Ich war nicht wie Miriam.

Noch nie war mein Haus größer gewesen als damals. Ich durchwanderte es nachts manchmal, während alle schliefen, mit winzigen, kurzen Schritten, krabbelte unter den Tischen durch, suchte so etwas wie einen Jungbrunnen, wie El Dorado oder den Stein der Weisen, doch nicht in weiten, entvölkerten Landstrichen, auf dem Rücken eines Pferdes, sondern auf Teppichen, unter Möbeln und neben den Bildern von Esther und all den anderen Malern, deren Namen ich niemals werde vergessen können und die bei uns zu Hause an den Wänden lebten: Fernando García Ponce, Lilia Carrillo, Manuel Felguérez, Juan Soriano,

Menschen, die damals die Maler meiner Stadt waren und mit Esther Bilder tauschten, damit jeder von ihnen seine eigene Sammlung hatte.

Ich strich um die Möbel, stieg auf die Sessel, drückte mich an die Wände, löste mich von den Wänden und fuchtelte sinnlos herum, um sie und mich selbst abzulenken. Nur wenige Teile des Hauses ließ ich bei meinen nächtlichen Rundgängen aus: das Dienstmädchenzimmer, den Hof, die Küchenterrasse, den Garten und natürlich Esthers Atelier, das ich auch bei Tage nicht betrat. Niemals hatte ich wieder einen Blick hineingeworfen seit dem *serviam*-Wettbewerb, seit dem ich diese Figur gemalt hatte, die ich *Nägelchen* getauft hatte. Warum betrat ich es dann in dieser Nacht? Als ich das Ohr an die Tür preßte, stellte ich fest, daß dort drinnen rein gar nichts zu hören war, also würde ich dort sicher sein. Ich dachte: »Da werden sie sich nicht trauen, einzudringen.«

Ich öffnete die Ateliertür: mit den funkelnden Sternen war es im Dunkeln noch schöner. Der Vollmond, rund wie auf den Bildern, lächelte mich mit seinem unschuldigen, pausbäckigen Gesicht an. Ich machte einen weiteren Schritt hinein, da sprang (sprang!) ein Schatten aus der Dunkelheit.

Es war Esther. »Ach!« brachte sie hervor. Ich starrte sie an. Sie trug ein weißes Nachthemd aus dünner Baumwolle, ungeschminkt und mit langem, offenem Haar sah sie jünger aus als am Tag.

»Was tust du hier?« fragte sie mich. Ich wollte es ihr erklären, wollte ihr endlich von diesem verrückten Wettlauf erzählen, in den ich mich verwickelt sah, aber mir blieb keine Zeit dazu.

»Was sind das für Geräusche?« fragte sie. Geballt fielen sie ins Atelier ein. Sie drückten sich an die Wände, und da sah ich sie, wie ich sie schon manchmal in Bruchstücken gesehen hatte, ich sah sie, einer neben dem anderen, sie formierten sich zu dem Puzzle, das ich erst an diesem Tag erkannte, sie gruppierten sich um *Nägelchen* herum, das Esther aufbewahrt, an die Atelierwand gehängt und gerahmt hatte.

»Was soll denn das!« Sie schrie etwas in dieser Art und rannte zu mir, um mich zu beschützen. An allen Wänden drehten sie sich wütend nach ihr um, fühlten sich gestört, in ihrer Intimität verletzt, und sie begannen, sich voneinander zu lösen, in ihre Einzelteile zu zerfallen, so daß sie erneut das Heer von Fragmenten bildeten, das ich schon so gut kannte. Die Verfolger stürzten sich auf sie. Ich nahm sie bei der Hand und sagte: »Lauf, Esther, komm« …

»Sag wenigstens Mama zu mir!« rief sie mir mit einer Stimme zu, die die Panik verzerrte. »Was ist denn das!« sagte sie immer wieder, während ich versuchte, sie zu retten, ich, die ich doch die Meute ins Atelier eingelassen hatte, bis ich Papa schreien hörte, »was ist denn das!« Und da sah ich, daß nun keine Esther mehr an meiner Hand hing, daß ich wieder allein auf der Flucht im Wohnzimmer war, und ich rannte zu meinem Bett und weinte und weinte, ohne daß die Geräusche auch nur einmal verstummten, und ich hörte, wie Papa den Doktor anrief, hörte die donnernde, schrille, schreiende, ohrenbetäubende Sirene der Ambulanz. Ich blickte aus dem Zimmer und sah zwei Sanitäter, die Esther trugen. Esther (kann ich an diesem Punkt der Geschichte Mama sagen?) drehte sich zu mir um. Ich lief zu ihr hin. Die Sanitäter hielten an. Mit verdrehtem Kopf und halb geöffneten Lippen sagte sie zu mir: »Meine arme Kleine«, und auch sie brach in Tränen aus. Ach Esther, ich habe dich doch so geliebt, Mama, Mama, Mama, Mama …

Die Besuchszeiten im Krankenhaus waren sehr streng. Wir konnten sie dort nicht besuchen, weil Papa darauf bestand, daß wir wie immer zur Schule gehen sollten.

Die Ärzte wußten ihre Symptome nicht zu deuten: sie sah alles auf dem Kopf (nicht die ganze Zeit über, aber ab und zu kehrten sich die Dinge einfach um), sie hörte ein ständiges Summen, mußte fortwährend erbrechen, und es dauerte drei Tage, bis sie an etwas starb, das *post mortem* als Gehirntumor diagnostiziert wurde.

Papa wollte unbedingt, daß die Totenwache zu Hause abgehalten wurde. Ich konnte es nicht ertragen. Jetzt hatte ich auch Angst vor Esther. Unter den Schritten konnte ich inzwischen die ihren heraushören, in den Pantoffeln, die sie immer zu Hause trug und mit denen sie auf die ihr eigene Art schlurfte. Eines Nachts glaubte ich sie sogar zu sehen, in ihrem rosafarbenen Flanellmorgenmantel, wie sie auf mich zuging, und als sie mich an der Schulter berühren wollte, schrie ich im Traum: »Nein! Nein!« … Papa lief zu mir ins Zimmer.

»Was ist los?«

»Ich habe geträumt.«

Warum bin ich nicht mit ihr gegangen? Natürlich hätte sie mir nicht das Leben gerettet, ja, auch in ihrer Begleitung hätte ich es verloren, aber was bringt es jetzt noch, sich darüber Gedanken zu machen. Es ist zu spät, sogar zu spät, um zu klagen, egal über was.

XIV

Obwohl ich nur ungern zu Freundinnen zum Spielen ging, nahm ich Ednas Einladung an, denn zu der Beklemmung, die ich zu Hause wegen der anschwellenden Schritte empfand, die sich an Esthers Körper mästeten und inzwischen aufgeblasen und hochmütig waren, kam nun noch die Traurigkeit. Wir trafen uns also bei Edna (ich war nicht der einzige Gast), und sie beschlossen, im Schwimmbecken im Garten zu baden. Edna lieh mir einen Badeanzug. Maite, Rosi, Tinina und Edna zogen sich schnatternd aus. Ich wußte nicht, was ich tun sollte, wie ein Meßknabe hielt ich den Badeanzug in Händen und schaute zerstreut durch das Fenster auf den Garten.

»Gefällt er dir nicht?« fragte Edna. »Willst du einen anderen?« »Doch, doch, ich mag ihn, ich geh' ins Badezimmer«, antwortete ich, oder etwas in dieser Art. Ich schloß mich dort ein, um mich umzuziehen und hörte, wie sie sich weiter unterhielten. Im Handumdrehen lag das Schulkleid auf dem Boden, und ich schlüpfte in den Anzug. Ich verließ das Badezimmer mit dem Bündel Kleider unterm Arm: beschämt stieß ich im Spiegel auf ein hübsches Mädchen. Ich versuchte den wohlbekannten Blick zu erraten, der zwischen den Wimpern versank: ich begegnete einem Paar Katzenaugen. Ich warf den Kopf zurück: ein Katzengesicht. Ich machte einen Schritt zurück an die Wand, um mich so gut wie möglich im Spiegel zu betrachten: vom Schienbein bis zum Kopf sah ich ein hübsches Mädchen, das sich jetzt in Richtung Schwimmbecken aufmachte.

Die anderen hatten sich auf Handtücher gelegt, um sich zu sonnen. Es waren kleine Mädchen, Mädchen, die Damen spielten, die sich gerade sonnten, hübsche Mädchen wie ich, wohlgenährt, gesund und fröhlich. Ich blieb stehen und blickte auf das Wasser.

Jemand gab mir einen zaghaften Schubs in die Seite, ich fiel und streifte beim Fallen kaum den Beckenrand. Unter Wasser öffnete ich die Augen: um mich herum wogte es glänzend und rein, das Wasser pulsierte und klang wie ein langsam schlagendes Riesenherz, bumm, bumm, bumm … Ich versuchte, mich mit einem Ruck hochzustoßen und spürte, daß mein ganzer Körper glühte, ja zu brennen schien, und ich hatte das Gefühl, daß das Wasser mich nicht mehr aus seinen Klauen und an die Oberfläche lassen würde. Ich streckte die Hand aus und bekam eine Leitersprosse zu fassen. Daran hielt ich mich fest, schloß die Augen im glühenden Wasser, blinzelte, und als ich sie wieder öffnete, sah ich auf die Schuhe der Jungen. Einer von ihnen hatte mich geschubst.

Edna reichte mir ein Handtuch. »Du hast dir nicht mal die Haare naß gemacht«, sagte sie verblüfft. »Wie bist du denn gefallen?« »War's Absicht?« »Hast du dir weh getan?« »Hast du dir weh getan?« Die Jungen schwiegen. Keiner machte den Eindruck, als hätte er mich gestoßen. Ich faßte mein Haar an: es war trocken, vollkommen trocken, noch genauso in Form, wie ich es vorhin im Spiegel gesehen hatte, mit einem Mittelscheitel und leicht nach innen gebogenen Haarspitzen.

»Das ist Jaime, mein Bruder, José Luis Valenzuela, der Zyklon, Manuel Barragán.«

»Wie geht's.«

»Wir ziehen uns um.«

Ich wollte nach Hause. Ich rief bei mir an. Es war nur Inés da. Ich würde warten müssen.

Im Garten spielte sich etwas ab, das ich nicht verstand, nicht hören konnte, auch wenn es mich verfolgte. Ich ließ mir Zeit beim Umziehen, aber sie warteten geduldig auf mich. Etwas wollte mich verraten. Wir setzten uns aufs Bett, um zu plaudern, während ich mir die Strümpfe anzog. Ich schaute mich suchend nach meinen Schuhen um und warf bei dieser Gelegenheit auch einen flüchtigen Blick in den Garten. Ich hörte Lachen. »Das ist meine nervige Schwester«, sagte Edna. Das Lachen wanderte ins Nachbarzimmer, durchquerte es, kam den Gang entlang und hielt genau vor unserer Tür. Sie öffneten, ohne zu klopfen.

Dort standen der Engel des Fegefeuers und der Engel des Guten im selben Schulkleid wie damals an jenem Morgen in den Schultoiletten. Der Engel des Guten sagte: »Seid doch keine Stubenhocker, Mädchen.« Dann drehten sie sich um und gingen weiter.

»Wer ist das?«

»Cristina. Die nervt ganz schön. Kommt, wir gehen raus, schnell, die petzt es bestimmt gleich Mama. Sie mag es nicht, wenn ich mit Freundinnen auf meinem Zimmer bin.«

Wir gingen hinaus und stießen im Gang auf ihre Mama. Ihr leicht zerzaustes Haar wurde von einer Spange im Nacken zusammengehalten, und sie stützte sich mit den Händen an beiden Wänden des Ganges ab … Sie trug Stoffschuhe und schlurfte etwas beim Gehen. Sie grüßte uns nicht.

Der Klang dieser Schritte war wie der Klang von Esthers Pantoffeln. Ich mußte so schnell wie möglich aus Ednas Haus verschwinden. Wir gingen an ihrer Mama vorüber, während Edna Erklärungen abgab, die sie nicht hörte, »wir sind auf dem Weg nach draußen … wir haben uns gerade umgezogen«.

Die Jungen hatten im Garten auf uns gewartet. Von den beiden Engeln war keine Spur zu sehen.

Der Abend brach herein, und gedankenverloren malte ich mir aus, daß ich gerne die Sonne wäre, die sich gerade verabschiedete. Die anderen hatten beschlossen, pärchenweise Verstecken zu spielen. Manuel Barragán sagte zu mir *komm*, wir liefen los, setzten uns hinter ein paar Vulkansteine und warteten auf einen günstigen Moment, um uns freizuschlagen. Da streckte er seinen Mittelfinger einsam in die Höhe und fragte mich: »Weißt du, was das ist?« Ich antwortete, da wohl jeder von uns diese obszöne Geste kannte: »Das heißt, leck mich.« (Was hatte wohl ›leck mich‹ zu bedeuten?)

Daß ich die Geste kannte, ermutigte ihn. Er nahm mich bei der Hand, und wir rannten zusammen los, mit einem gemeinsamen Arm, der in kalten, feuchten, klobigen Fingern auslief, die mich unbegreiflicherweise erschreckten. Ich zog, damit er anhielt. »Zeig mir mal deine Hand«, etwas anderes fiel mir nicht ein. Er hielt sie mir hin. Es war eine Hand. Aber in meiner Hand wirkte die seine wie eine unförmige Pranke, wie ein mit Haut überzogener roher Klotz, ein eisiger, rauher Greifhaken, der mich aufzukratzen drohte. Er zog mich weiter, um wieder loszulaufen. Was verriet mich da im Garten? Als es mir klar wurde, war sein Gesicht schon direkt vor meinem, und eine dicke, plumpe, ebenfalls kalte Zunge versuchte, zwischen meine Lippen zu tauchen.

Ich rannte in Richtung Haus. Der Kuß hatte mir nicht etwa Angst gemacht, ja, eigentlich hatte ich es mir sogar gewünscht, daß mich jemand küßte (aus reiner Neugier, nur um zu sehen, wie es sich anfühlte), aber der kalte Klotz seiner Hand und sein eisiges Gesicht entsetzten mich. Wie kam es, daß der Körper kalt, das kalte Schwimmbecken jedoch wie ein Geysir war? Ich rannte los, um den Garten abzuschütteln.

Im Haus saß in einem Sessel der Engel des Guten neben einem Mann, der mir so schön wie ein Märchenprinz vorkam. Einer der beiden fragte mich: »Hast du was?«

Ich sagte ihnen, daß ich nicht mehr im Garten bleiben wollte. »Ich bin auch nicht gern im Garten. Sie haben ihn so hergerichtet, daß sich niemand mehr wohl darin fühlt«, und dann fügte der Engel des Guten noch hinzu: »Du hast ja gesehen, wie Mama ist. Setz dich hier zu uns.«

Ich ließ mich auf einem Hocker nieder.

»Wann wirst du abgeholt?«

Ich hatte das Gefühl, sie zu stören. Sie waren schön und schienen verliebt zu sein.

»Weißt du, wessen Tochter das ist, Woyteh? Die von Esther de la Fuente.«

Prinz Woyteh riß die Augen auf.

»Wirklich?«

»Ja«, sagte ich.

»Wir haben sie sehr bewundert«, sagte Cristina.

»Danke.«

»Ihr seid drei, nicht wahr?«

»Ja.«

»War sie nett zu euch?«

»Und wie.«

»Hat es dich nicht gestört, daß sie gearbeitet hat? Habt ihr euch da nicht allein gefühlt?«

Wie konnte man an so was denken!

»Natürlich nicht!«

»Siehst du, Woyteh, es geht doch. Man kann Kinder und einen Haushalt haben und nebenher arbeiten.«

»Natürlich kann man das«, sagte ich, um ihr nicht zu widersprechen. Ich verstand nicht, worum es überhaupt ging.

Zum Glück kam der Hausangestellte herein, um dem Engel des Guten zu melden, daß man mich abholen gekommen war. »Ich geh dann also. Danke.« Woytehs Hand war nicht kalt, es war eine *richtige* Hand, deren Griff dem meinen glich. Cristina brachte mich hinaus. Sie strahlte. Als sie die Tür öffnete, mußte ich ihr noch eine Frage beantworten, bevor sie mich hinausließ. »Geht es wirklich?« Statt dem hastigen ja, mit dem ich ihr antwortete, um endlich diesem Haus zu entfliehen, hätte ich sie mit einem Fünkchen Mut gefragt: »Engel des Guten, weißt du noch, wie ihr mich in den Toiletten hin und her geschubst habt?«

Ich stieg ins Auto und grüßte Papa mit zwei knappen Worten, auf die er mir mit einem einzigen antwortete. Er fügte nichts weiter hinzu und ich auch nicht. Nun gut, selbst diese Worte waren zu viel für uns beide, wie wir da ganz allein in seinem riesigen Wagen saßen. Nicht einmal das Auto gab einen Laut von sich! Es fuhr schweigend dahin, als würde es das Pflaster nicht streifen.

Papa mußte sehr traurig sein. Ich war es jedenfalls, obendrein war ich erregt und außer mir wegen Ednas Garten, wegen der eisigen Zunge von Manuel Barragán und wegen der Unterhaltung mit dem Engel des Guten. Deshalb brach ich das Schweigen.

»Papa, ziehen wir doch um.«

»Warum.«

»Damit wir weniger traurig sind.«

»Wir würden nur noch trauriger sein.«

Wir schwiegen wieder. Als wir an einer Straßenlaterne vorbeikamen, fielen mir auf meinen Knien kleine Bläschen auf. Im nächsten Lichtkegel vergewisserte ich mich, daß sie wirklich da waren. Ich faßte an meine Brust: sie glühte. Auch mein Nacken glühte. Das Wasser im Becken, das kalte Wasser im Schwimmbecken hatte mir die Haut verbrannt. Der Junge dagegen – dessen Haut bestimmt eine Temperatur von 36,5 Grad hatte, wegen seines aufregenden Abenteuers vielleicht sogar mehr – war mir kalt vorgekommen.

Ich sagte mir das ein ums andere Mal, wiegte den Gedanken im schaukelnden Wagen ein. So, wie ich war, mit meiner aufgeheizten Haut, würden mir die Anführer der Verfolger noch in dieser Nacht den Garaus machen. Ich schnappte nach Luft. Ich wollte schreien oder weinen und sagte:

»Ich habe nachts immer Angst ...«

»Wovor?«

»Vor ...«, (wo sollte ich anfangen?), »vor Esther« (wie ungeschickt, wie konnte ich so was sagen!).

Wir fuhren gerade die Avenida Reforma entlang. Er fuhr rechts an den Rand, bremste und brach in Tränen aus. Ich strich ihm über den Kopf, doch er schüttelte meine Hand ab.

»Wie kannst du Angst vor Esther haben? Sie ist deine Mutter!« Er hörte nicht auf zu weinen, und ich wußte nicht, was ich tun sollte. »Erinnerst du dich nicht an sie? Könnte sie dir irgendwas Böses tun?«

»Verzeih Papa, es war dumm von mir.«

»Warum willst du denn ausziehen? Es war Esthers Haus. Es ist das einzige, was mir von ihr geblieben ist.«

Er legte den Kopf aufs Lenkrad und weinte und weinte, bis ich das Gefühl hatte, daß sein Tränenstrom so gewaltig war, daß er – wie die Tränen von Christus – die Welt hätte retten können.

Als er aufhörte, schneuzte er sich und spendierte mir im »Dairy Queen« ein Eis.

XV

Zwei oder drei Tage nach dem Besuch bei Edna, kamen zwei Freundinnen von Esther vorbei, Yolanda und Vira, die früher immer stundenlang mit ihr vor aufgeschlagenen Büchern diskutiert hatten. Sie wollten uns drei zu einem Konzert ins Bellas Artes mitnehmen. Male und Jose freuten sich überhaupt nicht darauf. Ich dagegen hatte immer große Freude daran gehabt. Ich genoß die Musik. Ich mußte daran denken, wie ich das letzte Mal vor Jahren mit Esther und Papa dort gewesen war.

... Ein Konzert im Bellas Artes ... eine Nacht voll Musik ... wie kann ich das in Worte fassen? ... diese abgerissenen Satzfetzen sind keine willkürliche Laune von mir! ... das blaue Kordkostüm ... das Halsband mit dem Plüschpompon, der mich am Kinn kitzelte ... die glänzenden Lackschuhe ... die ganze Nacht stand uns offen und war nicht (wie sonst immer) ein Loch, in das man uns zum Schlafen steckte, so wie man Hühnchen in den Ofen schiebt ... und dann die Musik! ... Engelsschritte ... reine Wesen, die über der Erde dahinschwebten, nicht in der Höhe entschwanden, sondern einfach beobachteten ... Ausdruck der reinen Liebe und Hingabe! ... körperloses Streicheln ... fleischlose Nerven ... bloßgelegte Nerven ohne Schmerz, die fühlten ... die Wonne des Vergnügens nähert sich dir nicht gewaltsam mit dem Brecheisen, reißt dich nicht fort, rafft nicht hinweg: sie nähert sich dir im Parkettsitz direkt über die Empfindung ... die Lust zu tanzen überkam mich! ...

ich sah mich schon zwischen den Reihen herumtanzen … dann der Beifall, die Erregung, so viele Hände klatschen zu hören und das Gefühl zu haben, daß alle das gleiche wie ich empfanden, daß ich schließlich *die heilige Kommunion* empfangen hatte … hinaustreten … durch die Reihen gehen … unter all den Lichtern dahinschreiten wie auf einer Bühne … die blitzenden Treppen sahen wie Hänge aus, die man hinuntergleiten konnte, die Decke war hoch wie die einer Kirche, einer jubelnden Kirche … man war wie gelähmt und schwebte gleichzeitig in Wolken! … stellen Sie sich nur alle auf ihren Sitzen vor: auf dem Rücken der Noten wurden sie gemeinsam zum Rand des Abgrunds getragen, wie in einem Flugzeug, das abzustürzen scheint, sich wieder emporschwingt, nur um dann doch zu zerschellen … mit welcher Offenheit gab ich in dieser unvergeßlichen Nacht meine Kinderseele dem Spiel der Musik hin … Wenn sie nur gewußt hätten, wie sehr sich diese kleine Zuhörerin von ihnen mitreißen ließ, wie und in welchem Maße ich ihnen treu ergeben war … eine Geliebte, die ihnen ganz und gar gehörte, deren Körper erst durch die Saiten der Musiker entstand … ach, könnte ich mich doch erinnern, könnte ich doch wiedererleben, wie die Musik klingt, wie sich Töne aneinanderreihen und wohin sie fallen, um mit ihrer Wonne die Seele zu verführen …

Schlafend kam ich zu Hause an, schlafend zogen sie mir den Pyjama an. Später in der Nacht, als ich kurz vor Morgendämmerung aufwachte und die gleichen Geräusche wie immer hörte, ermaß ich erst die Armseligkeit dessen, was sich mir da näherte: sie klangen nicht sanft, nicht einmal rauh, sie hatten nichts mit der Musik gemein. Es waren Laute ohne Seele, gefühllos, sie öffneten keine Türen und hatten nichts zu sagen. Wut kam in mir auf, weil das, was mich verfolgte, nicht jenem Paradies glich, dem ich angehören wollte, ich schämte mich, daß es so dürftig war, was nach mir gierte. Hätte ich damals schon gewußt, daß mich gerade diese Welt erwartete, hätte ich gewußt, daß diese Welt mich *holen* kam, ich hätte geweint und geweint und vielleicht nie wieder aufgehört, bis ans Ende meiner Tage …

Als Yolanda und Vira uns abholen kamen und fragten, ob wir ins Bellas Artes gehen wollten, konnte ich noch so sehr ja ja ja schreien, meine Schwestern gewannen die Schlacht. Gehen wir doch lieber woanders hin. Sie nahmen uns ins Kino mit, in einen Film über Leute, die in der Zukunft, in einer modernen Welt lebten und alle Bücher verbrannten, die sie fanden, denn sie hielten sie für schädlich. Es gab da einen Helden, das heißt, eine Heldin, eine kleine Alte, die sich in den Flammen zusammen mit ihren Büchern verbrennen ließ. Anschließend gingen sie mit uns essen, aber ich hatte keinen Hunger, ich fühlte mich nicht wohl, ich weiß nicht, warum, irgendwie war mir komisch.

Ich durfte drei Eiskugeln mit Schlagsahne und Marmelade bestellen. Meine Schwestern aßen irgendwas, und alle diskutierten über den Film.

XVI

Hier würde ich gerne meine Erzählung beenden. Mit der Erinnerung an ein Konzert im Bellas Artes, mit meinem Wunsch nach einem Leben voll Gefühl, mit der Vision, in meinem Körper ein Herz zu haben, das nicht nur dazu diente, Blut zu pumpen, sondern das auch seinen Rhythmus ändern konnte, um ihn den Empfindungen anderer anzupassen, ein Herz, das tanzte, das sich über das Zuhören fremden Rhythmen anzugleichen wußte, wie damals beim Konzert ... Es macht mich wütend, daß ich die Erzählung an dieser Stelle nicht abbrechen kann, aber sonst hätte die ganze Geschichte keinen Sinn, ich kann hier nicht aufhören, denn dann würden Sie denken, ich wollte Ihnen nicht erzählen, wie ich hierhergekommen bin, und deshalb habe ich ja schließlich das Ganze erzählt: damit Sie wissen, wie ich hierhergelangt bin, was mich gerufen hat und seit wann. Und wenn ich auch nicht erraten kann, was mich gerufen hat (denn ich weiß es wirklich nicht), so weiß ich doch, wie es geschah, in welchem Augenblick oder zumindest, welche Wirkung dieser Ruf auf meinen zarten Körper hatte, wie ich spürte, daß mein Speichel versiegte, wie mein Schweiß nicht länger Schweiß war, wie das Blut in meinen Adern zu Stein erstarrte. Wenn ich mit dem Konzert aufgehört hätte, wäre ich nichts weiter als ein tief bewegtes, namenloses Mädchen, ich wäre nichts weiter als mein marineblaues Kordkostüm und meine blitzblanken, glänzenden Lackschuhe Größe 31. Ich würde mich deswegen nicht etwa schämen, wie denn und weshalb? Ich müßte es niemandem erzählen, nicht einmal mir selbst. Ich könnte gut auf diese finstere Stimme verzichten, derer ich mich bedient habe und mit der ich an Sie herangetreten bin.

Also muß ich mich zu Ende erinnern, bis zu dem Moment, in dem die Erinnerung entsteht, bis zu dem Augenblick, in dem sie keine Nahrung mehr hat, bis das Vorher abgebrochen ist und keine neuen Triebe mehr zurückgelassen hat.

Ich war ganz allein zu Hause. Das war noch nie passiert: niemand war da. Meine Schwestern waren zu ihrer Großmutter zu Besuch gegangen, was jetzt häufig vorkam. Tatsächlich hatten sie nach Esthers Tod ihre Großmutter wiederentdeckt, sie aus dem Nichts hervorgezaubert, mit einer überbordenden, heftigen Zuneigung, die ich für ihre größte Lüge hielt. Früher hatten sie sie niemals besucht, doch jetzt geschah das fast täglich. Sie hatten ihre eigene Mutter unter Umständen verloren, die mir nie jemand auseinandergesetzt hatte, und waren nun nicht bereit, erneut ohne Mutter zu bleiben. Also suchten sie in den eiskalten Armen der Großmutter vor dem Tod Zuflucht.

Ich konnte nirgendwo Zuflucht suchen. Großmutter Esther ertrug den Tod ihres Mädchens nicht: zusammen mit ihr war ich ihrem Blick entschwunden, ich hatte mich in Luft aufgelöst, hatte die Gestalt verloren, die mir ihre Zuneigung verliehen hatte und die mir so wichtig gewesen war. Sah ich ihr in die Augen, dann stand die Erinnerung an Esther zwischen uns, das Gesicht von Esther, als sie so alt wie ich oder noch jünger gewesen war, Esther, als sie mich auf die Welt gebracht hatte, Esther, als sie nach New York gefahren war, um ihren Preis entgegenzunehmen … Zwischen der Großmutter und mir stand Esthers Abbild, ein

Tränenvorhang, den ich nicht durchdringen konnte, ohne im Schmerz zu ertrinken …

Das fiel allen auf. Es war bekannt, daß ich ihr Liebling war, ihre Lieblingsenkelin. Jetzt sah man, daß ich nur noch ein lebloses Stück Fleisch war, mit dem man behutsam umgehen mußte und über das man nur vorsichtig sprach: *armes Mädchen, wer wird sich jetzt um sie kümmern?*

Meine Schwestern waren nicht da. Papa? Nicht da. Die Dienstmädchen, sowieso weit weg in ihren Zimmern, zu denen man keinen Zugang hatte, waren ebenfalls aus, sie hatten ihren freien Tag. Wo war Papa hingegangen?

Warum hatten sie mich allein gelassen? Ich hatte Angst, diesmal Angst vor allem und jedem. Nicht nur das, was mich verfolgte, bedrohte mich jetzt, sondern auch alles, was mich umgab: die weißen Vorhänge im Zimmer, die wie lebendiges Getier waren, wie die eingesperrten Tiere im Zoo, den ich nie besuchen wollte, schläfrige Bestien, die meine Gegenwart aufweckte und reizte. Aber die Vorhänge waren noch nichts, verglichen mit der tobenden See, dem Meer des Fußbodens! Wohin konnte ich noch treten, ohne mich der Gefahr des Leders, des grausamen Holzes, des gefräßigen Teppichs auszusetzen, im silbrigen Glanz eines Lichts, das mir nicht enthüllte, was mich umgab, sondern nur hinterhältig auf mich als Feindin zeigte, die es anzugreifen galt?

Ich fühlte, daß die Drohung nicht von etwas im Haus oder in mir ausging. Diese Drohung, die nicht von meinen Verfolgern ausging, war eine Ankündigung von etwas, das sich tödlich außerhalb des Hauses zusammenbraute. Ich schaltete das Radio ein und legte mich aufs Sofa, um zu lauschen, was für ein verhängnisvolles Schicksal über der Stadt hing. Ich hörte die warme Stimme eines Sprechers, der Lieder ansagte, hörte die Schlager und spürte in jeder

Faser meines Körpers auf dem Sofa die Anspannung, mit der ich auf die unheilvolle Nachricht im Radio wartete: daß alle, die außer Hauses waren, (davon war ich überzeugt) nicht mehr würden zurückkehren können, weil sie nicht durch die Flammen oder die dichten Rauchschwaden kamen oder weil die Überschwemmung, die Trümmer der Explosion, oder was auch immer da draußen vorgefallen war, sie daran hinderten ... So schlief ich allein auf dem Sofa ein, in diesem Haus, aus dem alle schließlich geflohen waren, weil sie wußten, daß es von der bevölkert war, die sie auf immer und durch meine Schuld verlassen hatte.

Als ich aufwachte, war es schon dunkel, ich weiß nicht ob es noch früh oder schon spät war. Neun, zehn, zwölf oder drei Uhr morgens? Wer weiß, wie spät es war. War jemand nach Hause zurückgekommen? Ich ging in Papas Zimmer: er schlief, schnarchte sogar. Meine Schwestern waren nicht da. Wer weiß, ob die Dienstmädchen zurückgekehrt waren. Esther war nicht zurückgekehrt. Ich ging in mein Zimmer und setzte mich auf den Bettrand, um mir die Schuhe auszuziehen und mich wieder in Kleidern schlafen zu legen, in den Kleidern, die man zum ersten Mal in meinem Leben nicht gegen den Schlafanzug ausgetauscht hatte, und da, über meinen beschuhten Füßen sah ich, wie sie mich alle anstarrten, die Verfolger schauten mich von meinen eigenen Füßen aus an, wie aus den Fenstern eines hohen Gebäudes, in dem sie wohnten. Welch panischer Schrecken packte mich! Von meinen Füßen aus? Wo waren meine Schuhe geblieben? Im Schuhständer, der senkrecht an einer Seite meines Schranks hing, sah ich ordentlich an ihrem Platz die Schuhe, die ich eben noch getragen hatte.

Barfuß rannte ich aus dem Zimmer, ohne zu wissen, wohin ich blicken sollte. Ich wollte meine Blicke nicht auf mich lenken, wollte mich nicht ansehen, wollte nicht sehen, wer ich war und wohin ich ging: die Furcht übermannte mich. Ich hatte keinerlei Plan, wie ich meinen Verfolgern entkommen konnte. Ich rannte, rannte, rannte. Ich ging nicht. Ich sah nicht, wohin. Ich hatte alles verloren.

Als ich die Augen öffnete, stand ich vor dem Gartentor, das auf die Straße hinausführte. Was hatte ich vor? Wollte ich hinausgehen? Wohin?

War das Unglück draußen schon geschehen? Ich glaubte Rauch und dicke Luft zu spüren, voll kleiner Kohlepartikel, die vielleicht sogar glühten, denn grausam drangen sie in meinen Körper. Beim Atmen brannte es in mir. Ich versuchte, die Tür zur Straße zu öffnen, aber es gelang mir nicht, ich kam nicht gegen sie an. Da waren sie, die Verfolger, ich hörte sie neben mir atmen. Ich spürte, daß sie mich nun nicht mehr hetzen würden, und statt der inneren Erleichterung lastete mein Körper mit einem Mal nicht mehr auf der Erde: er hatte kein Gewicht mehr, strebte nach oben, als würde er einer umgekehrten Schwerkraft gehorchen. Ich heftete meinen Blick auf den Gartenboden, suchte Trost zu finden. Ein Loch, ein Loch, wie von einem Tier gegraben, legte ein Herz frei, das unter der Erde pochte, ein Herz, das dem des Frosches glich, aber bei weitem größer war. Ich beugte mich nieder und nahm das Herz in die rechte Hand, packte es, schloß meine Finger darum. Die Verfolger zogen ab, mein Körper bekam wieder sein eigenes Gewicht, füllte sich mit Schwere an bei der Berührung des lauwarmen Herzens, das mir die Erde geschenkt hatte, um mich zurückzuhalten: ein warmes Herz, trocken wie Leder oder Holz, weich, aber kräftig. Es pochte. Ich hielt es fest in der Hand.

Meine Unterhose wurde auf einmal feucht, die weiße Baumwolle sog sich mit lauwarmer Flüssigkeit voll, so wie das Herz. Sie wurde ganz und gar durchnäßt, und – wie deutlich spürte ich das! – über meine Schenkel lief eine heiße Flüssigkeit, die mich zu beunruhigen begann. Was war das? Was lief da aus meinem Innern aus und verriet mich? Gerade als die Lichter im Haus angingen und Papa nach mir rief, sah ich auf einmal meine weißen Strümpfe, die nun ins selbe Blut getaucht waren, von dem ich jetzt wußte, daß es auch Unterhose und Beine befleckt hatte. Was war in mir drinnen gerissen? Ich dachte: »Das ist, weil ich nicht mehr träume.« Denn eines Nachts war mir der Gedanke gekommen, daß der gerissene Faden meiner Träume nun wie jenes Leitungskabel, das den Kampferbaum umschlungen hatte, unermüdlich in meinem Innern hin und her schlug. »Ist es das?«

Wie war ich darauf gekommen? Weil ich mich hatte besiegen lassen und nun zu spät gedankenverloren auf meine Niederlage blickte. Dann dachte ich: »Sei nicht dumm, es ist das Herz, das du in der Hand hältst!« Ich ließ es los. Da konnte sich mein schutzloser Körper, der nun gewichtslos war, nicht einen Augenblick länger halten und stieg auf, zusammen mit denen, die mich schon seit immer verfolgt hatten.

Ich sah, wie Papa herausrannte und im Garten meinen Namen rief. Ich hörte, wie er zum Telefon lief, ich sah (aber wie konnte ich das sehen?), wie ich auf einmal im Bett lag, im Schlafanzug, die Kleider in einem unordentlichen Haufen auf dem Boden ... Ich schlief oder besser gesagt sie, seine Tochter, schlief dort für immer in ihrer Flanellhose voll Blut, inmitten der befleckten Laken, die Augen geschlossen und mit einem Ausdruck des Friedens im Gesicht, den sie nicht verdiente.

Der Arzt konnte ihm nicht den Grund für meinen Tod erklären.

Fototeil

Carmen Boullosa, April 1996

Berlin-Schöneberg, Bamberger Straße, Mai 1996

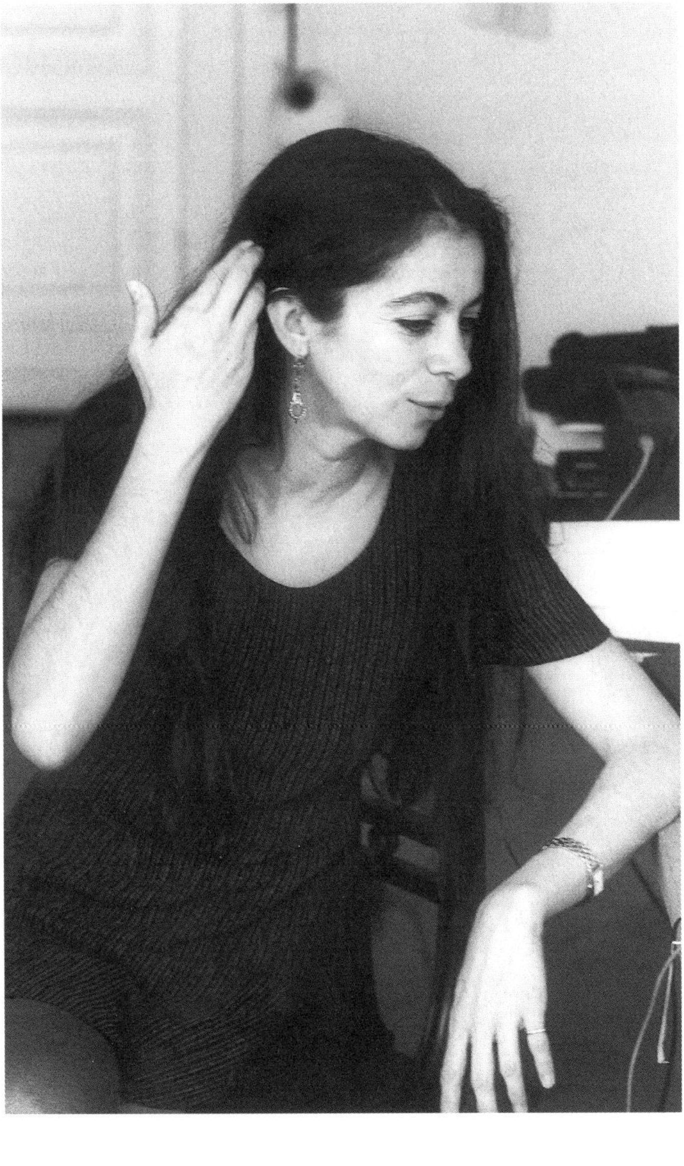

Berlin-Schöneberg, Bamberger Straße, Mai 1996

mit Alejandro Aura, María und Juan, Berlin-Schöneberg, Mai 1996

Berlin-Schöneberg, Bamberger Straße, Mai 1996

Berlin-Schöneberg, Bamberger Straße, Mai 1996

Berlin-Schöneberg, Regensburger Straße, April 1996

Berlin-Schöneberg, Viktoria-Luise-Platz, April 1996

Berlin-Schöneberg, Viktoria-Luise-Platz, April 1996

mit Pablo Boullosa, Ale Kurtycz, María und Juan im Grunewald

mit ihrem Sohn Juan, Berlin-Tiergarten, Juni 1996

Berlin-Tiergarten, Mai 1996

Berlin-Schöneberg, Bamberger Straße, April 1996